REMOINHOS DO ENTARDECER

Proença

REMOINHOS DO ENTARDECER

L·G·E EDITORA

Brasília, 2008

LGE Editora Ltda.
SIA Trecho 03 Lote 1760
CEP 71200-030 – Brasília-DF
Tel.: 61 3362-0008 – Fax: 61 3233-3771
lgeeditora@lgeeditora.com.br
www.lgeeditora.com.br

Editor
Antonio Carlos A. Navarro

Autor
José Nunes Paez Proença

Projeto Gráfico
Marcus Polo R. Duarte

Impressão e Acabamento
LGE Editora/Brasília-DF

DADOS INTERNACIONAIS DE CATALOGAÇÃO NA PUBLICAÇÃO (CIP)

Proença, José Nunes Paez.
Remoinhos do entardecer / José Nunes Paez Proença; Brasília : LGE, 2008.

140p.

1. Literatura, Brasil. II. Conto – Ensaio. I. Título.

CDU 82-94
82-31

ISBN 978-85-7238-367-7
visite nosso site: www.lgeeditora.com.br

Sumário

Introdução

Quando João, na velhice, deu para arengar e contar histórias foi que ganhou a alcunha de Pica-Fumo. Não que fosse avaro. Não esse tipo de pica-fumo. É certo que conseguira amealhar fortuna. Tornou-se homem rico, mas não sórdido e excessivamente apegado ao dinheiro.

O apelido proveio da forma peculiar como contava suas histórias.

De alpercatas ou descalço, sentado sobre tronco de madeira em frente ao casebre onde morava, ele, qual velho caipira, proseava picando fumo.

Contava casos sempre num círculo inscrito triangular: picando o fumo, enrolando-o na palha e pitando. Quando a brasa queimava-lhe as pontas dos dedos, dava a última puxada, jogava fora a bituca e começava tudo de novo.

Cortava o fumo bem devagarzinho. Tempo de contar uma história inteira. Às vezes duas.

Antes, era João Justino de Mello, da mesma forma que estava na atestação de batismo ou João Justo, como lhe chamavam os amigos.

Nasceu em Itu no tempo em que as coisas por lá não eram tão grandes. Precisamente, no dia oito de maio de 1800.

João justo foi filósofo, professor e aventureiro, mas seu nome só correu mundo depois que adotou o banco de caule seco como lugar onde fazia expediente relativo ao trabalho intelectual de contar histórias.

Farta é sua contribuição no campo da filosofia. Ampliou incessantemente nossa compreensão da realidade.

É ele o autor da grande questão filosófica, talvez a mais importante produzida por brasileiro nato, que, até os nossos dias, permanece nas mentes brilhantes dos pescadores, bêbedos e desocupados, provocando infindáveis discussões, incontáveis teses e doutrinas em todos os ramos do saber:

"O que justo, não é certo e aquilo que certo, não é justo."

Ressalvamos a utilização desvirtuada do conceito no nosso tempo, que não lhe pode ser atribuída. Incompatível com o proceder de homem sério e reto. Seriedade e retidão pavimentaram-lhe a estrada que nunca deixou de trilhar.

Não trataremos aqui, no entanto, de filosofia. Só das histórias que contou.

Algumas dessas histórias foram adulteradas, vulgarizadas e contadas tendo como personagem o popular Pedro Malasarte. Outras, incorporadas ao folclore. E, de outras, restaram apenas, dissimuladas, as mensagens centrais. Dentre estas, para exemplificar, citamos o conceito de vida que ele utilizou em um conto e hoje ouvimos, não raro, com sentido jocoso.

João Pica-Fumo argumentava:

– "A vida é como comprar fumo em Indaiatuba".

Há grande sabedoria nessa frase. Só a entende, no entanto, aqueles que conhecem o caso, que, resumidamente, é o seguinte:

Um armazém da, então, jovem cidade de Indaiatuba adotou inusitado procedimento para vender fumo.

Em todo lugar as pessoas vendiam e compravam fumo de corda "por centímetros" ou "por quilogramas", como é até hoje. Em Indaiatuba o dono da venda resolveu vender tabaco "por segundos".

O freguês fazia o pedido:

– Quero cinco segundos de fumo.

O vendeiro pegava o facão; o cliente, a ponta da corda do fumo. O comprador saía correndo. O dono da venda, de olho no relógio, contava um, dois... cinco e, zape, cortava a corda.

E, dessa forma, o freguês levava o pedaço que, na corrida, conseguisse desenrolar no tempo solicitado.

Tenho ouvido essa história contada em pilhéria e com a conclusão superficial e ordinária de que tal coisa (trabalhar, por exemplo) é como comprar fumo em Indaiatuba, porque quanto mais corre mais fumo leva.

Evidente que a conclusão de João era de melhor qualidade.

Voltemos a ele. A hora de contar suas histórias, sem tardança, há de chegar.

Cinqüenta anos após o nascimento de João Justo o raio caiu novamente em Itu. Desta feita, a cegonha trouxe um filho para Zé Almeida, grande amigo de João.

Quando José Ferraz de Almeida Junior – este o nome completo do menino – entendeu-se por gente, tornou-se ouvinte assíduo das histórias que João Pica-Fumo contava. Zezinho gostava de rabiscar os cadernos enquanto ouvia.

Zezinho cresceu, correu mundo e, quando João Pica-Fumo já não era desta vida, prestou-lhe honrosa homenagem. Outro caipira picando fumo serviu-lhe de modelo.

As histórias de João vieram a mim por direito de herança, num grande livro que ele escreveu no ano de 1857. João, mais tarde, adicionou ao livro outras narrativas, que escreveu sem nunca ter contado. O livro continha instrução imperativa para que as histórias só fossem divulgadas após se passarem 150 anos.

Ao livro deu o nome de "Remoinhos do Entardecer".

A atitude enigmática de ocultar suas histórias, por século e meio, pode ser explicada pelos contos que João escreveu e não contou. Aqueles que ele escreveu após os setenta anos de idade, quando foi arrebatado por objeto sagrado encontrado dentro do coração de uma onça pintada. Em êxtase, João veio parar no ano de Nosso Senhor Jesus Cristo de 2007, escreveu sobre o que viu, viveu ou imaginou no nosso tempo. Mas isso já é história. História que João Pica-Fumo escreveu e não contou.

Reproduzirei aqui apenas alguns poucos casos inéditos; escolhidos dentre aqueles que não contêm críticas diretas ao imperador, à Igreja ou aos políticos da época. Adaptei expressões que já não se usam e utilizei sinônimos para algumas palavras, procurando facilitar o entendimento, sem, no entanto, alterar a acepção das histórias.

Das histórias que João escreveu e não contou publicarei, neste primeiro momento, apenas quatro que não careceram de adaptações.

Assim, vocês que gostam ou não gostam de histórias de bruxos daqui e de ultramar, mas ainda procuram nos livros alento para a volubilidade da vida. Vocês que, iguais a mim, cansados da violência e do ódio, perseveram na liberdade. Vocês que se escandalizam com os desvarios da cultista e obsedante pornografia e, mesmo assim, esperam no amor.

Prestem atenção às histórias que João Pica-Fumo contou.

E, por favor, aplicação cuidadosa da mente naquelas que ele escreveu e não contou.

As histórias que
JOÃO PICA-FUMO CONTOU

Caçando Saci

Numa de minhas andanças por Minas Gerais conheci nhô Miguel. Velho indígena remanescente da tribo dos carijós, especializado no ofício de caçar saci, versado nas artes divinatórias e mestre das ciências ocultas.

Aprendi com ele como se aprisiona saci-pererê. Coisa por demais viciadora. Temo que, por séculos e séculos, a humanidade não se livrará de tal praga. Vou contar como tudo ocorreu.

Nhô Miguel morava em Mariana, cidade que deu ouro aos homens brancos e muitas almas antecipadas a Olorum. De início, espíritos dos carijós. Depois, almas dos africanos.

Contarei mais sobre os índios e os negros. Antes quero falar sobre o saci, pois pode ser que aqui nesta roda tenha alguém, ou, no futuro, poderá existir leitor que nunca tenha visto saci na vida.

O saci é pessoa fantástica e perigosa. Notem bem que afirmei ser ele uma pessoa. Significa que tem personalidade. Existe, pensa e tem sentimentos. Os piores possíveis. Sente ódio, ciúme e prazer, igualzinho a gente. Não sei se ama. Não me pareceu capaz disso. Aéreo quanto ao corpo, o saci é capaz de andar com o vento. Está sempre nos redemoinhos e, quando toma sua forma, prefere lugares escuros. Negrinho de uma só perna. Usa cachimbo e barrete. O aparelho que utiliza para fumar e o gorro são da cor vermelha, que é a cor preferida do tinhoso, seu chefe. A fonte dos seus poderes mágicos, todos sabem, está no píleo. Os viajantes são perseguidos por ele e não são poucas as ciladas que lhes prepara. Nos meus tempos de caixeiro-viajante sofri muito com suas travessuras. Não é verdadeira a afirmação de que só realiza pequenas maldades. Essa é apenas uma das suas artimanhas para melhor realizar o seu trabalho pernicioso. Por encantamento ou atuação, sempre traz sofrimento e infelicidade a quem dele se aproxima.

Prossigamos com a história.

Conhecia a reputação de nhô Miguel antes mesmo de chegar à Mariana. Alguns, imaginativos, diziam ser ele imortal e ter trabalhado nas minas no tempo que os carijós eram usados como escravos. Outros, que agiam mais conforme com a razão, narravam que ele, quando criança obtivera a proteção dos padres e, pelas mãos deles, estudou no Rio de Janeiro e depois em Coimbra, onde lhe foi revelada a vocação pelo ocultismo.

Uma das pessoas que havia falado dele para mim foi o Afonso. Companheiro de muitas viagens. Isso antes de ele ir à Mariana caçar saci com nhô Miguel e, alguns anos depois, morrer bebendo cachaça.

Observei que todos que haviam conhecido nhô Miguel gostavam de beber aguardente ou cheirar rapé. Espécie rara de rapé de cor branca. Notei também que os olhos deles estavam sempre arroxeados e lacrimejando. Tornaram-se melancólicos. Amigos do saci. Não negavam possuir saci, mas não gostavam de falar sobre tal assunto. Escondiam-no em local inescrutável.

O meu amigo, o finado Afonso, falava sempre com o saci. Logo que voltou de Mariana fazia isso solitário, às escondidas, tarde da noite. Depois, próximo ao fim da vida, andava, à luz do dia, pelas ruas conversando ou brigando com ele, sem se importar com a opinião das outras pessoas. À garotada servia de pilhéria. Despendeu todo o patrimônio comprando rapé, que, depois fiquei sabendo, era extraído de arbusto nativo na Bolívia. Pobre companheiro, certo dia apareceu morto na praça central de Itu. Ao seu lado encontraram a garrafa quebrada. Garrafa opaca que apresentava, na parte interior da rolha, uma cruz desenhada.

A morte de Afonso foi o motivo principal que me levou até aquela cidade mineira. Havia outra razão. Aquela que leva pessoas razoáveis tornarem-se escravas de saci. Sobre ela discorrerei mais adiante.

Só mais uma coisa deve ser agora redargüida: eu tinha mais de trinta e três anos de idade.

Nhô Miguel era sujeito forte. Usava cabelo comprido atados na parte posterior da cabeça, tipo rabo-de-cavalo. Tinha voz grave, mas falava baixinho exigindo concentração do interlocutor. Gostava de ser chamado pelo axiônimo que os escravos lhe deram.

– Seu Miguel, eu... – Iniciei a primeira conversa.

– Nhô, meu filho. Nhô Miguel é como todos me tratam.

– Venho de longe para consultá-lo sobre o mundo dos mortos e aprender como se caça um saci.

– Duas coisas perigosas, meu filho. E dispendiosas!

– Estou prevenido.

– Que quer saber sobre o outro mundo?

– A única coisa que me interessa em qualquer mundo é saber como está a minha querida Madalena.

– Vai saber... que pretende com o pequeno demônio?

– Vingança.

– Quer um saci para ajudá-lo num ato de desforra contra alguém?

– Vou tirar desforço é dele.

– Do saci?

– Sim.

– Não conte comigo para isso, meu filho.

– Não conto. Basta que me ensine como apanhá-lo.

– Por que quer maltratar o diabinho?

– Matou meu amigo. O Afonso. Esteve aqui com nhô Miguel há dois anos.

Ele pegou um grande livro. Folheando encontrou o nome do meu amigo. Confirmou prenome e sobrenome. Depois colocou um xis sobre o que estava escrito. Guardou o livro. Disse:

– É muito difícil conviver com o coisa-ruim. Tem certeza de querer o que está pedindo? Está ciente do que pode lhe acontecer?

– Sim. Não é a primeira vez que o diabo ou os seus demônios cruzam o meu caminho.

– Há muita mágoa em seu coração, meu filho.

– Tristeza, nhô Miguel. Tristeza.

– Procuram-me por ambição, vingança ou curiosidade. Alguns, iguais a você, por tristeza ou saudade. Todos têm mágoas e medos. E morrem por isso.

– Eu não vou morrer. Não agora.

– Você vai ver a sua amada e, juntos, caçaremos o saci. O que vai fazer depois dele e da vida é problema seu. Não quero saber.

Ajustado o preço da empreitada, estabelecidas as condições e anotado o meu nome no livro, nhô Miguel deu a primeira instrução:

– Não traga coisa alguma. Tudo que necessitaremos estará no bornal ou no alforje que levarei. Nada de armas, nem alimentos. Só a roupa do corpo. Partiremos amanhã às quatro da madrugada.

Na hora combinada, cheguei à casa de nhô Miguel. Já me esperava. Pediu que apeasse. Retirou a sela e as outras peças que estavam no meu cavalo e pendurou tudo no galpão.

– Montará o cavalo em pêlo. Não cavalgaremos grande distância.

Partimos. No cavalo selado levava o alforje e, a tiracolo, o bornal.

Após quatro horas paramos à beira de um riacho. Desmontamos. Colocamos a pouca carga ao pé de uma árvore copada e soltamos os cavalos.

E ficamos lá.

Não comer até o fim da missão era cláusula do acordo que só se aplicava a mim. Nhô Miguel levou comida para ele. Eu fiquei com rapé e cachaça. Muita cachaça.

O tempo foi passando. Eu bebia cachaça e cheirava rapé. Ele comia com moderação o alimento que levara e bebia água do pequeno rio.

Caminhávamos para exercitar o corpo. Às vezes campeávamos os cavalos, mantendo-os próximos ao nosso acampamento.

O tempo seguiu seu curso. Eu bebia cachaça e cheirava rapé.

Para abrandar o tédio tínhamos longas conversas.

Ele falava com freqüência dos seus antepassados e dos negros que os substituíram no trabalho escravo nas minas. Os trapos que usavam, a péssima alimentação, a falta de higiene, os castigos físicos, contava tudo com detalhes. Mais parecia o próprio nhô Miguel haver sofrido aqueles maus-tratos que seus antepassados.

Desde o ano de 1758 que não havia mais índio escravo. Vários motivos tornaram os índios livres dessa vergonha que é a escravidão, dizia nhô Miguel. Entre eles, a proteção da Igreja, a expansão da cultura da cana-de-açúcar, os interesses da organização que controlava o tráfico negreiro e o fato de serem considerados súditos da coroa portuguesa.

A razão principal, ainda conforme pensava nhô Miguel, foi o aniquilamento dos aborígines. Mataram quase todos os índios. Eles se tornaram escassos. A escassez fez com que o preço subisse. Os africanos ficaram mais baratos.

Passaram-se três dias.

Eu bebia cachaça e ouvia as histórias dos antecedentes de nhô Miguel e sobre os negros, seus principais clientes.

Bebia aguardente e cheirava rapé.

Nhô Miguel disse-me que eu era homem de pouca sensibilidade, embrutecido pela vida ou ruim de nascença. A passagem para o outro mundo, por esse motivo, demoraria pouco mais que o habitual.

Acordei enfermo na manhã do quarto dia. A cabeça doía de maneira quase insuportável. Expeli pela boca toda a aguardente que estava no estômago e, quando já não havia nada, restaram os espasmos. Depois veio a febre. Comecei a tremer. Sentia frio. Por medicação, nhô Miguel dava-me mais pinga. O mundo começou a girar. Já não conseguia andar. Arrastei-me até o riacho. Ao entrar na água senti-me um pouco melhor, mas logo em seguida veio o frio. Voltei a tremer. Caí na água. Não conseguia me levantar. O riacho era raso e eu estava me afogando nele porque não conseguia parar em pé. Nhô Miguel puxou-me para fora e colocou-me sob o sol. Fiquei lá me esquentando.

Quando o sol estava a pique desmaiei.

Acordei com a água que nhô Miguel atirou-me no rosto. O sol estava baixo. Apontando para o rio, disse-me:

– Ela o espera.

Levantei-me. Meus sentidos estavam ampliados. Tudo tinha mais vida, mais cor, mais som, mais cheiro...

Sentia o sangue das minhas veias latejando. Parecia que ia rompê-las. As árvores balançavam e sussurravam palavras incompreensíveis.

Caminhei em direção ao rio. Ouvia os gravetos secos quebrarem sob os meus pés. Sentia cada detalhe de tudo. Tudo geometricamente aumentado.

Enfim, bem no centro do riacho, resplandecente e maravilhosamente viva, vi Madalena.

Quis correr para os seus braços e apertá-la, e beijá-la, e... ela fez sinal que não. Sem abrir a boca disse-me que eu não poderia tocá-la.

Conversamos sem precisar falar. Senti o que ela sentia e ela sentiu o que eu sentia.

Mantivemos, por longo tempo, aquele diálogo mudo, mas indescritivelmente rico em emoções. Quando ela foi embora havia anoitecido.

Serei eternamente grato a nhô Miguel por haver-me proporcionado aquele encontro.

Eu sentia fome. Muita fome. Não disse nada sobre a fome, mas nhô Miguel, com a sabedoria da experiência, deu-me um pedaço de rapadura.

– Você está pronto. Nesta madrugada pegaremos o saci. – Disse ele.

Eu não respondi. Queria dormir e sonhar com Madalena.

Às três horas nhô Miguel acordou-me. Tudo preparado. A peneira de cruzeta, a garrafa toldada e a cruz branca na tampa opaca.

Antes de sairmos, nhô Miguel sentou-se no chão e pediu que eu fizesse a mesma coisa. Sentados tomamos de um líquido produzido pela infusão de ervas e fumamos alguma coisa num cachimbo vermelho que nhô Miguel tirou do alforje.

Depois que bebemos e fumamos senti-me leve como pluma. Era como se eu estivesse fora do meu corpo. Saímos à procura do saci.

A caçada foi exatamente da forma que o povo diz que é: Encontramos um redemoinho. Nhô Miguel bateu sobre ele a grande peneira de cruzeta. Eu segurei de uma banda da peneira, ele da outra e a apertamos contra o solo de forma que o saci não pudesse escapar. Depois nhô Miguel introduziu a garrafa na peneira, com muito jeito. Quando o saci viu a escuridão do interior da garrafa negra, rapidinho entrou dentro dela. Mais rápido ainda nhô Miguel fechou a garrafa com a tampa que tinha a cruz branca na parte interior.

Retornamos ao acampamento e dormimos o restante da madrugada. Quando amanheceu e o sol esquentou o meu rosto, acordei. Estava sentado de frente para nhô Miguel que ainda dormia sentado.

Achei estranho ter dormido deitado e acordado sentado. Minhas idéias estavam um tanto confusas.

Nhô Miguel acordou. Comemos queijo e rapadura. Pegamos os cavalos e partimos.

No caminho de volta, nhô Miguel disse que havia nova caçada de saci prevista para iniciar no próximo domingo. O cliente, rico fazendeiro que ambicionava ficar ainda mais rico com a ajuda do saci.

– Que dia da semana é hoje? – Perguntei.

– Sexta-feira.

Quando chegamos à Mariana fui à hospedaria, peguei dinheiro e depois, na casa de nhô Miguel, fiz-lhe o pagamento da quantia combinada. Ele me devolveu o arreio e, junto, a garrafa negra.

Despedimo-nos.

Já havia montado no cavalo quando ele se aproximou e entregou-me um pequeno saco.

– Um presente. Caso queira adquirir mais, escreva-me. Farei com que você receba. É caro, mas pode valer a pena. – Disse ele.

Agradeci.

Não pude deixar de sentir simpatia pelo seu gesto. Tudo transcorrera como o combinado. Pensei comigo que nhô Miguel era sujeito correto, pois cumpriu no devido termo suas obrigações. Havia uma coisa, só uma coisa, que me estava a intrigar:

Eu dormi deitado e acordei sentado.

Avisei a dona da estalagem que continuaria mais uns dias em Mariana. Recolhi-me ao quarto e lá permaneci dormindo, comendo e cheirando rapé até a madrugada do domingo.

Vi quando nhô Miguel e o fazendeiro, no cavalo em pêlo, saíram. Segui-os.

Fiquei à espreita.

Repetiu-se o ritual.

O fazendeiro devia ser pessoa sensível ou de boa mente, pois não demorou a ficar pronto para a transposição.

Na madrugada do segundo dia sentaram no chão e beberam o líquido das ervas e fumaram no cachimbo vermelho. O que se seguiu foi, para mim, algo de assombrar e a confirmação da suspeita nutrida no coração.

Não aconteceu nada.

Ficaram sentados sem mexer um dedo.

Após, aproximadamente, uma hora fui até eles. Estavam duros como pedras. Passei em frente aos seus olhos. Toquei neles e, nada. Era como se apenas os seus corpos estivessem ali.

Acordaram pela manhã. Um defronte ao outro.

Parti.

Voltei a Itu.

Agora eu sabia que o saci não estava dentro da garrafa. Ele estava dentro de mim. Ele estava no cachimbo vermelho e no líquido das ervas, naquele dia; na cachaça e no rapé branco, depois.

Da garrafa livrei-me no primeiro ninho de cupim, com tiro certeiro.

Da pinga, com alguns meses.

Do rapé branco consumi apenas o saco que seu Miguel me deu de presente. Depois, nunca mais. O saci que estava dentro de mim, no entanto, exigia de forma tirânica a sua continuidade. Não foi fácil resistir. Quase morri no primeiro ano. Pesadelos e assombrações perseguiram-me por mais dois anos.

Até hoje sinto uma vontade pasmosa de sucumbir-me aos seus caprichos. E o que mais me seduz é a possibilidade de reencontrar Madalena. Penso que tenho força para resistir a essa deliciosa tentação até o fim dos meus dias aqui na terra. Penso.

E acredito ser esse um dos motivos que levam homens razoáveis a tornarem-se amigos de saci.

Goiaba Roubada

Quando completei sete anos mudamos para o Rio de Janeiro. Meu pai foi contratado para trabalhar na corte e mudou-se, com toda a família, para aquela cidade linda. Fomos morar no subúrbio. Mar e montanha. Era o próprio paraíso. Fiz muitos amigos naquele lugar nos três anos que por lá permanecemos.

Entre esses amigos estava o Geraldo, a quem todos lhe chamavam de "Mineirinho".

Isso devido a sua origem. Nascera em Divinópolis, pequeno povoado próximo à Itapecerica, em Minas Gerais.

Mineirinho era garoto arguto e travesso. Denotava espírito, graça e vivacidade. Todos gostavam dele. Eu gostava dele. Sólida amizade nos uniu por dois anos. Nossa camaradagem foi interrompida quando ele retornou à Divinópolis. Logo depois eu também fui embora e, como sempre acontece nesses desencontros da vida, perdi contato com o meu querido amigo.

Falhei com ele.

Não por nunca haver procurado forma de comunicar-me com ele. Falhei por covardia, no tempo em que éramos vizinhos.

Uma tarde, quando voltávamos da escola, aconteceu uma dessas coisas que a gente não tem muito bem claro na cabeça se é certo ou errado e, por vezes, nos parece sem importância alguma. Nem sempre é assim.

Um pintinho inexperiente que longe das asas da mãe cisca a relva ressequida em busca de alimentos pode, numa remota possibilidade, encontrar uma jararaca e, na sua santa irracionalidade, nunca vai achar que se trata apenas de uma minhoca grande. Com humano isso é diferente. Não temos esse tino. Há que existir um processo de aprendizado, de aculturação. Talvez seja esse o preço que temos a pagar pelo livre-arbítrio.

Estávamos com fome. Seu Joaquim tinha um quintal com goiabeiras carregadas de frutos maduros, cheirosos e tentadores.

– Vamos! – Disse Mineirinho já correndo em direção à cerca.

– Não.

– Vem, vem logo!

– Não posso. Meu pai tira-me o coro.

Ele pulou a cerca. Eu segui o caminho de casa. Não demorou muito, ouvi seus gritos:

– Espera! Ei! Espera!

Chegou com os bolsos cheios. Sentamos sob uma árvore.

– Tome; coma!

– Não quero, é roubada.

Ele deu uma gargalhada.

– Bobo. Você é mesmo um bebê. Nem sabe o que é roubo.

– Roubar é pegar coisas que não são suas.

– Não é roubo pegar coisas para matar a fome, quando elas estão sendo desperdiçadas. Apodrecendo. Deixa de fuleiragem. Pegue uma!

Peguei. Comi.

No outro dia, na escola, todos sabiam da nossa aventura. Mineirinho era tratado como herói, eu, um covarde. Mas, porque a crueza da criança só existe pela pureza de espírito, no segundo dia ninguém mais falava sobre o episódio.

Tivemos outras aventuras parecidas com aquela. Eu permanecia medroso, ele intrépido. Era como se adorasse correr risco. Viver de forma emocionante e aproveitando cada minuto. Eu admirava sua valentia e esperteza.

Os vocábulos "goiaba", "bobo", "tatu" e "trouxa" são, na informalidade, usados para definir alguém ingênuo, fácil de ser enganado. Vocês sabem disso. Sabem também que a utilização de um único termo é o suficiente para expressar a idéia. Mineirinho usava os quatros de uma vez só. Era jeito engraçado que ele tinha de dizer que era esperto. A qualquer momento ele dizia:

– "Nós não é bobo, nós não é trouxa, nós não é goiaba, nós não é tatu".

– Nós não somos. – Eu corrigia.

Ele dava aquela gostosa gargalhada e completava:

– "Nós não somos, mas você é." – E ria que só ele mesmo.

Assim era o meu amigo mineirinho. Intrépido, divertido e esperto.

Chorei quando ele partiu. Senti saudade.

O tempo passou.

Quando já era homem feito e viajava por esse Brasil afora, estive, a trabalho, em Itapecerica. Prolonguei a viagem até Divinópolis na esperança de encontrar o meu querido amigo.

Gozava a simpatia do povo daquele lugar. Era conhecido pela alcunha de "Carioca".

– O Carioca? É evidente que conheço. Todo mundo por aqui conhece o indivíduo.

– Onde posso encontrá-lo?

– Xi! Ele está preso.

– Preso?

– É... Em Itapecerica.

Encontrei-o na cadeia. Ele não me reconheceu. Eu também não o reconheceria se o encontrasse na rua.

Estava muito bem disposto. Com roupa limpa e engomada. Barbeado e perfumado contrastando com a precariedade daquele lugar.

Após a apresentação e breve e aprazível recordação do nosso tempo de criança, ele disse:

– Estou aqui por causa de um maldito rabo-de-saia. Amancebei-me com uma ruiva. Sustentava os seus gostos e caprichos. A ingrata delatou à polícia o seu próprio homem. Pode? Criatura abjeta!

Conversamos por cerca de três horas. Sempre muito seguro e assertivo, falou sobre vários assuntos.

– Está vendo de que maneira estou aqui na prisão. Vivo como nobre. Tenho tudo o que quero. Até mulher. Ontem mesmo esteve aqui uma e nos deliciamos aí nessa cama onde você está sentado. Mulher casada. Depois essa adúltera vai denunciar o marido por um deslize qualquer. É só o idiota desapontá-la em alguma coisa.

Sabe por que vivo desse jeito aqui na prisão? Em quarto privativo, enquanto outros quatro presos estão se espremendo numa única cela. Sabe?

Corrupção, João. Corrupção. Isso é o que governará o Brasil no futuro. Talvez o mundo todo.

Falava sem parar. Eu ouvia.

– Quando sair daqui me vou para a América. Vou fazer "américa", com dizem. Já está tudo arrumado. Saio daqui direto para o Rio e de lá para a glória. Voltarei rico, você vai ver. Antes dou uns cascudos naquela rameira que me colocou aqui.

– Não foi culpa dela. Eu disse.

– Como?

– Não é ela a culpada. Deve ter feito isso por ciúme ou por honestidade. O culpado sou eu.

Ele riu. Da mesma forma que ria quando menino. Uma gargalhada gostosa.

– Então tenho que dar uns cascudos em você. – Brincou.

– Pois é, meu amigo. Falhei com você e peço-lhe que me perdoe. Os cascudos estão fora de tempo. Eu não devia ter deixado você pegar aquelas goiabas do quintal do seu Joaquim. Devia tê-lo impedido, ainda que fosse a cascudos. Fui um covarde.

Seguiu-se um período de silêncio. Ele não riu mais.

Conversamos sobre mais alguns assuntos e nos despedimos.

Nunca mais tive notícia do Geraldo.

Pode ser que tenha morrido na ponta de uma faca ou por disparo de garrucha de um marido ciumento.

Pode ser que tenha feito "américa".

Fernanda

O escritório de representação para o qual eu trabalhava tinha sede na Capital da Província, por essa razão, praticamente, morava lá. A maior parte dos clientes estava naquela região.

Nessa época namorei Fernanda. Fernanda era bonita como uma flor sem espinho.

As palavras: "bonita" e "flor", não são suficientes para descrevê-la. Era moça formosa, delicada e graciosa. Agradável à vista e ao espírito. Por onde passava era admirada, todos a olhavam com simpatia, admiração, desejo ou, às vezes, inveja. Ela gostava. Vaidosa e consciente do seu poder sedutor.

Os amigos faziam troça:

– Ó João! Não acha que é muito pelego para o seu pangaré. –Diziam.

Confesso que me sentia um tanto inseguro e sem-graça quando passeava as ruas da cidade e deparava com aquele mundaréu de gente olhando para ela. Por outro lado, sentia-me atraído. Era um encanto de pessoa. Uma flor sem espinhos.

Estava sempre de bom humor. Uma única vez demonstrou abatimento. Fui o agente da sua tristeza.

Quase todos os dias, almoçávamos juntos. Ela cuidava da dieta alimentar com excessiva severidade. Comia igual passarinho. Nutria-se de saladinha, legumes e, de vez em quando, uma fruta. Vez por outra, um pequeno pedaço de bife. Era só. Arroz e feijão, nem pensar.

Certo dia, passei a falar-lhe sobre a delícia que era saborear determinada sobremesa que o restaurante preparava com muito esmero. Manjar dos deuses, coisa muito saborosa, deliciosa, e fui arrumando predicados, almejando convencê-la a comer alguma comida que desse gosto. Após muita conversação, meus argumentos acabaram por persuadi-la de que, uma única vez, não lhe faria mal à elegância.

Comeu e gostou.

Antes de sairmos do restaurante, no entanto, já dava sinais de arrependimento.

Ficou deprimida quase um mês por culpa. Culpa de haver cometido aquele pecado mortal, imperdoável, de comer inofensiva e deliciosa sobremesa.

No tempo que levou para recuperar-se, não perdeu a simpatia e o jeito agradável de lidar comigo e com os demais.

Seu olhar plangente deixava-a mais atraente. À sua exuberante beleza foi acrescido certo ar enigmático. Os olhos pareciam esconder mistérios imponderáveis. Ela era uma flor de pessoa.

Depois dessa ocorrência, ofereci-lhe muitas sobremesas ao longo do tempo que convivemos, mas nunca aceitou experimentar doces outra vez, por mais apetitosos que lhe parecessem.

Uma garota que cumpre aquilo que se obriga deveria ser alguém leal, honrada e íntegra. Pensei assim e aumentou minha admiração por Fernanda.

Uma tarde estava no escritório quando um garoto entregou-me um bilhete. O bilhete era de Fernanda. Pedia que eu fosse com urgência à casa dela.

Fui.

Ela me recebeu usando camisola visível sob o roupão aberto na frente. Era só felicidade. Sorrindo disse-me que seus pais não estavam em casa e só retornariam no outro dia. Fiquei um tanto vexado com aquela situação. Disse-lhe que estava com pressa, que precisava retornar ao trabalho e perguntei-lhe qual o motivo de haver-me chamado.

– Fique aqui bem quietinho. Não fuja. Quando eu lhe chamar quero que entre naquele quarto. Não tenha medo. Só lhe farei bem.

Beijou-me o rosto e saiu.

Fiquei esperando. O coração acelerou. Minhas mãos ficaram geladas.

Alguns minutos depois ela me chamou.

Quando entrei no quarto só estava com a camisola de seda. Sobre o criado mudo, um frasco de barro vidrado desses que trazem da Europa com aromáticos.

– Sente-se aí na cama e observe. – Disse ela sorrindo.

Sentei.

A janela estava fechada, mas a porta aberta e o teto sem forro forneciam claridade suficiente para vê-la nos detalhes. Nos detalhes das curvas do seu corpo marcadas pelas sensíveis dobras da camisola de seda.

Começou a dançar lentamente e de forma sensual ameaçou livrar-se da vestimenta.

Eu estava excitado, apavorado! A vida preparou-me para enfrentar uma onça pintada ou um cavalo louco. Não aquilo.

Graciosamente tenteou daqui e dali com as alças da camisola até que a fez cair ao chão. Delicadamente, sempre dançando, empurrou-a com um dos pés para o canto.

Estava nua como veio ao mundo. Era uma linda e irresistível flor sem espinho.

Eu estava petrificado.

Ela pegou o frasco. Derramou óleo nas mãos. O perfume retesou meus sentidos já quase no limite do que um homem pode agüentar.

Suave, com deliciosa destreza, esfregou o óleo no pescoço, depois sobre o colo e foi avançando verticalmente em direção aos joelhos. Sempre com deleitáveis e voluptuosas carícias.

Quanto lá chegou, eu estava em transe catatônico. Fui despertado por suas palavras:

– Tire a roupa e venha para mim.

– Levantei-me. Após alguns segundos de hesitação, peguei a peça de linho que guarnecia a cama e fui até ela.

Cobri aquela maravilha, enrolando-a no lençol. Beijei-a no rosto e saí da casa, rapidamente, enquanto restava em mim uma pálida força de vontade.

No dia seguinte, como se tornara habitual, fui almoçar no restaurante onde sempre nos encontrávamos.

Estava apreensivo. Cheguei a pensar que ela não tomaria o almoço comigo naquele dia. Temia tê-la ofendido. Mas logo ficou evidente que minhas preocupações eram infundadas.

Ela chegou como sempre chegava. Linda e feliz.

Desculpei-me. Não quis ouvir. Não demonstrou nenhuma mágoa ou decepção com a minha atitude. Não me parecia ofendida ou humilhada. Nem um pouquinho. Sorridente e radiante como sempre. Ela não falou nada do acontecido. Disse que eu era o homem da vida dela. O único naquele dia e sempre. Jurou-me fidelidade e amor eterno. E disse outras coisas bonitas que, se ditas antes da dança do dia anterior, abalariam os motivos objetados pela razão. Não estou certo se resistiria.

Tudo continuou com vinha sendo. Ela era a minha namorada e eu o cara de sorte e, para alguns, o papalvo.

Aconteceu que precisei ficar um tempo, em Salvador, substituindo o caixeiro-viajante da região, que adoecera. O homem doente debilitou-se por longo tempo e, depois, morreu. Treinei o seu substituto e retornei a São Paulo. Onze meses haviam-se passado.

Nesse tempo todo, escrevi quinze cartas para Fernanda. Nunca recebi nenhuma escrita por ela.

Não sei o motivo, mas não fiquei surpreso ao saber que Fernanda estava grávida.

Fui falar com ela.

A barriga estava grande. Ela continuava linda como uma flor sem espinho. Acho que estava mais bonita ainda. A gravidez empregava-lhe um ar de pureza.

– Sete meses. – Ela me disse.

Conversou comigo como se eu lhe fosse um velho amigo. Sem esperar cobranças por suas juras de amor não cumpridas. Sem apresentar nem sequer um sinal de inquietação da consciência por culpa.

Lembrei-me do incidente com a sobremesa.

Ficou-me a impressão de que pecar contra a dieta era mortal e, contra a honra, venial.

Não lhe perguntei quem era o pai da criança. Ela disse apenas que agora já não estava mais só. Tinha o bebê.

Rumores e mexericos davam conta que o pai era homem casado.

Antes de nascer o filho, Fernanda mudou-se com a família para Portugal.

Àquela rosa linda e delicada fizeram falta os espinhos.

Às vezes penso isso. Só às vezes. Naqueles dias em que, insensato, esqueço que ao caráter estético não se deve cobrar virtudes da conduta humana.

Sementes Lançadas ao Vento

Quando Rafael Tobias de Aguiar convocou-me para lutar contra a fraude e a corrupção acabara de completar quarenta e dois anos de idade. Compareci por obrigação moral e dever cívico. Principiava-me a vida. A vida de velho. Tempo de já não fazer bobice. Sabia que aquela revolução era inútil. Não havia como vencer as forças imperiais. Talvez por ser velho de pouco tempo ou por causa da tristeza que habitava meu coração havia nove anos, permiti-me mais uma asneira.

Padre Feijó enviou-me carta em que esclarecia a razão daquela insensatez armada. Acreditava que o movimento liberal fosse, aos poucos, espalhando-se pelo restante do País. Isso até aconteceu no Vale do Paraíba e depois em Minas Gerais, mas o saldo foi recrudescimento do poder conservador e glória ao brigadeiro Lima e Silva.

Coube-me comandar destacamento formado por velhos e jovens patriotas. Anciãos de sessenta até meninos de dezessete anos de idade.

Não vou relatar sobre os trinta dias que guerreamos o bom e insano combate. Toda guerra é miseravelmente igual e só quem gosta dela é o capeta, seus anjos caídos e uma enormidade de gente incapaz de demonstrar mérito ou integridade pessoal senão pela força bruta. Há aqueles que só conservam a própria cabeça por meio da espada e das cabeças dos inocentes, e, por isso, fazem guerra. Existe ainda o interesse econômico, mas isto já é repetição, pois é domínio do demônio que põe ambição material e sede de poder no coração daqueles que poderiam evitar a guerra.

Vou contar sobre um combatente que, ao meu lado, enfrentou a morte com rara nobreza e incomparável coragem. Seu nome: José da Silva; idade: 17 anos; número de alistamento: 391.

– José da Silva! – Gritei, conferindo a tropa na apresentação.

– Sim Senhor! – Respondeu o jovem franzino.

– Apresente-se, soldado.

– Soldado Silva, número 391, filho do finado Manoel da Silva e de Dona Antonieta Silva, pronto para a guerra, senhor.

– Que faz aqui menino? Vá para casa, viva a vida! Deixe a guerra para nós velhos que não lhe legamos um governo digno. – Repeti o que dizia para todos com idade inferior a dezoito anos.

– Não senhor!

– Vai morrer soldado. Sabe disso?

– No dia certo, Senhor!

– Não teme esse dia Soldado?

– Sim Senhor!

Aproximei-me do garoto e disse-lhe em voz baixa.

– Volta para casa menino. Salve-se enquanto há tempo. Não apresse o dia da sua morte.

– Não há como fugir desse dia senhor. Mas é só um dia. Tenho todos os outros para lutar. E nesses nenhum imperador pode destruir-me.

Entreguei-lhe a roupa de campanha e as armas.

E veio a primeira escaramuça.

O soldado 391 portou-se como veterano e terminou a batalha de forma heróica, andando impassível pelo chumbo cruzado do inimigo, resgatando os companheiros feridos ou semeando terror com o tiro certeiro da sua arma.

Havia uma boa semente no coração do soldado 391, mas a colheita era de morte porque nem sempre o que é semeado brota conforme a origem.

O Grande Semeador semeou luz, amor e caridade. Mentes malvadas germinaram morte, ódio e escuridão. Foi assim no passado. Continua sendo nos nossos dias.

Quando o agricultor espalha as sementes sobre o solo fértil e obtém o auxílio da chuva, sabe que colherá arroz, se arroz foi semeado; ou milho, se de milho foi o embrião enterrado. Nunca nascerão pereiras ou laranjeiras.

Outro semeador há que semeia palavras ao vento. Este não tem controle algum sobre o que foi semeado. E quando alimenta expectativa, sempre é malogrado. Tal semente germina nas situações mais adversas. Está livre das estações do ano e do tempo. Pode não prosperar por décadas e quando pensamos estar morta, brota com surpreendente vigor em mentes imaturas, carentes e altruístas ou, de igual forma, naquelas perversas e ambiciosas.

Um desses semeadores de palavras, vice-presidente da Junta Provisória da província de São Paulo, em 1821, espalhou palavras ao vento. Palavras carregadas de pensamentos. Pensamentos carregados de liberdade.

O semeador morreu em 1835 semeando novas e diferentes sementes.

O soldado 391, que não havia nascido na época em que as primeiras sementes foram semeadas, foi canteiro fértil onde o vento fez descer uma daquelas sementinhas carregadas de ilusão.

O vento que, indiferente, conduz esses pensamentos, também sopra sobre os cadáveres e as covas que vão se multiplicando, fruto daquela idéia, que, igual tiririca, não se cansa de tornar a produzir novas idéias e, com elas, mais mortes, mais dor. O ar em movimento, insensível, também refresca o rosto da mãe banhado em lágrimas e balança o corpo do soldado pendurado na forca.

E veio a segunda batalha.

O soldado 391, confiante na sua destreza com a arma, lutava com a coragem dos que se consideram inspirados por uma divindade. Combatia isolado à frente dos demais, abrindo fendas nas trincheiras inimigas. Tinha no peito o coração do guerreiro e o espírito do homem livre.

E vieram outras batalhas.

Nossas unidades estavam sendo dizimadas pelo adversário, incomparavelmente melhor equipado e treinado. O desânimo começou a rondar os nossos acampamentos. Aconteceram as primeiras deserções. O soldado 391 inflamava a bravura gritando palavras de incentivo. Gritando e lutando ao meu lado ou rompendo, sozinho, a frente adversária, fazia-nos acreditar que havia alguma esperança para a pequena ave que ataca o gavião na vã tentativa de defender os seus filhotes, mesmo sabendo que o seu destino já está traçado. O pássaro sabe que só ganhará alguns minutos de vida para os filhos, mesmo assim, conserva-se firme e constante no sacrifício.

E veio o gavião travestido do brigadeiro Lima e Silva com seu poderoso exército.

Quando soube que o reforço inimigo estava próximo reuni o destacamento. Falei com os meus companheiros de luta. Desobriguei-os do compromisso da guerra.

Muitos retornaram vivos aos seus lares, mas profundamente feridos na alma.

O soldado 391 continuou no posto.

– Eles não me assustam.

Assim dizendo juntou-se aos demais que permaneceram e, sem demora, marchamos para o último combate.

Durante a caminhada dirigi-me ao soldado 391, uma vez mais tentando demovê-lo da decisão tomada:

– Volte para casa, garoto. Todos já conhecemos a sua bravura.

– Não posso.

– Pode. É uma ordem: Volte para casa!

– Ordem mal dada, Senhor. Não posso obedecer.

– Por quê?

– Não conseguiria conviver com a covardia.

Seguimos em frente. Todos sabendo o destino que nos aguardava.

O Comandante-Chefe das forças em operação na Província de São Paulo estava em Sorocaba. O Padre Feijó, em prisão domiciliar, tentava negociar com ele os termos da nossa rendição. Pedia anistia.

"Tais são as coisas do mundo..", disse o Padre ao Barão. E o Barão respondeu ao Padre: "Tais são as coisas do mundo..."

Um pediu; o outro não podia conceder.

E, enquanto eles conversavam por cartas, nós chegamos à frente da batalha.

Éramos um grupo de mendigos com fardas de trapos e corações de guerreiros. Fomos caindo um após o outro. As balas atingiram minhas pernas. Eu caí ao chão sob o fogo intenso do inimigo.

O soldado 391 colocou-me nas suas costas e saiu à procura de abrigo. Deu alguns passos e recebeu uma rajada no peito.

Caímos. Arrastei-me até próximo a sua cabeça.

– É hoje o meu dia. – Balbuciou.

– Você é um grande soldado. Um herói. Morre com honra.

– Por favor, senhor, diga isso a minha mãe.

– Direi. Prometo.

Expirou.

Uma bala rascou-me a cabeça.

O tiro que me fez esta marca na testa pôs-me a dormir.

Acordei prisioneiro do exército imperial.

Nós, os poucos sobreviventes, fomos colocados a ferros na Capital da Província e lá permanecemos até o ano de 1844 quando o imperador concedeu-nos anistia geral.

Livre, fui cumprir a promessa. Passei a procurar a mãe do soldado 391 para dizer-lhe que o filho morrera com heroísmo.

Encontrei-a em Santos.

– A senhora é Antonieta Silva, viúva de Manoel da Silva e mãe de José da Silva? – Perguntei-lhe.

– A seu dispor.

– Quero falar-lhe sobre o seu filho José.

– Meu único filho... Tem notícia dele, senhor?

– Sim senhora.

– Como ele está? Tenho rezado tanto por ele. Sinto tanta saudade do meu menino.

– Ele...

– Diga meu senhor. Diga como posso encontrá-lo?

– Está morto.

A mulher arregalou os olhos e manteve-os esbugalhados por instantes. Depois se encheram de lágrimas que lentamente vazaram sobre sua face pálida de espanto.

Ela limpou as lágrimas com a barra do vestido. Manteve-se firme. Não fez nenhum escândalo, nem se pôs a gritar como fazem os desesperados.

– Seu filho é um herói. Ele lutou bravamente e...

Ela não permitiu que eu continuasse. A única coisa que

queria saber eu não podia dizer-lhe. Mensageiro da desgraça. Era nisso que me transformara.

Ela serviu-me água e uma xícara de café. Sempre forte e lúcida. A nobreza do seu porte fez-me entender a origem da coragem incomum do soldado 391.

Conversamos sob a sombra da mangueira.

Disse-me que vivia por obra e graça do imperador que lhe permitia receber foro de um enfiteuta de prédio público do império.

Para ela era Deus no céu e o jovem imperador na Terra.

Sobre o imperador, disse-me ainda:

– Se preciso for, pego em armas para defendê-lo.

Outras palavras lançadas ao vento haviam caído em mente fértil.

Despedi-me dela pensando igual àqueles dois grandes homens separados por idéias.

– "Tais são as coisas do mundo..."

Um ofendido pelo vilipêndio que o Governo fazia aos paulistas e às leis. O outro defendendo a unidade nacional e com medo de qualquer movimento que a ameaçasse.

Pensei nas palavras que são semeadas ao vento.

As palavras que o semeador semeia, e o vento leva , poderiam colocar o herói de um lado e sua mãe do outro, da trincheira.

– "Tais são as coisas do mundo...".

Partícula Ígnea

"O espírito sopra onde quer; e tu ouves a sua voz, mas não sabes de onde ele vem, nem para onde vai".

João 3, 8.

Ilca Amós Nogueira nasceu em Santana de Parnaíba, em 28 de março de 1804, de uma rica família tradicional de fazendeiros e agricultores. Após a morte dos seus pais, ocorrida em 1818, foi morar em São Paulo sob a guarda de uma tia paterna. Estudou na Capital da Província até os dezesseis anos, depois, em Portugal e, mais tarde, em Londres.

Retornou ao Brasil em 1840 e dedicou-se à arte universal de ensinar tudo a todos.

A revolução pedagógica, provocada a partir da reforma protestante, chegou ao Brasil de forma fragmentada. O nosso ensino era, e ainda é, sacrifício para professores e alunos. Métodos confusos, sistemas autoritários e, por vezes, violentos tornaram o apreender um martírio e o ensinar algo repetitivo e insano.

Herdeira de fortuna considerável, professora Ilca, como ficou conhecida, construiu a "Escola Pansófica" com seus próprios recursos.

Bela esperança e doce prazer davam-lhe motivos para que levasse à prática, aqui na nossa terra, aquilo que vivenciou com admiração no ensino inglês.

As doutrinas que haviam professado Lutero, Melanchton, Calvino, os Jesuítas e João Sturm forneceram-lhe a convicção de que a educação era direito universal ao alcance de todos os seres humanos independentes de sexo, religião, classe social ou raça.

Após a construção do prédio, iniciaram-se as dificuldades. Conseguir professores para tão arrojado projeto foi a primeira delas. A proposta da professora Ilca provocou, de início, generalizada desconfiança e insegurança.

Os professores daqui não conheciam o método utilizado nas escolas universais.

Assim, os primeiros alunos da professora Ilca foram os próprios professores contratados.

Seis meses foram necessários para qualificá-los. Muitos não permaneceram até o final do treinamento. Alguns desistiram por julgar o método por demais tolerante com os alunos; outros pela descrença quanto ao dinheiro necessário para os filhos dos mais pobres freqüentarem a escola.

Outro grande obstáculo, a tradução e adaptação dos livros pan-metódicos, só foi superado com a ajuda dos ingleses.

Conseguir alunos, de início, tornou-se a maior dificuldade.

Com muita persistência e dedicação, a "Escola Pansófica", dois anos após a edificação, começou a funcionar com cinco professores e vinte e dois alunos: cinco meninos brancos, duas meninas brancas, oito meninos negros, cinco meninas negras e dois meninos indígenas.

Os velhos professores da Capital da Província franziam as sobrancelhas e compraziam-se na rotina dos carcomidos hábitos.

Professora Ilca teve muito trabalho para realizar aquilo que chamou de nivelamento dos alunos.

Partindo das coisas gerais para as coisas particulares, excitando e favorecendo o desejo ardente de aprender nas crianças e fortalecendo-lhes as virtudes, nada de modo precipitado e nada contra a vontade, ela conseguiu formar um grupo de alunos motivados e ávidos por saber.

Trabalhou, seguindo o método da "Didática Magna", a conscientização dos objetivos humanos:

– conhecer-se a si mesmo;

– governar-se; e

– dirigir-se para Deus.

E, ainda seguindo os ensinamentos de Comênio, esmerou-se na consolidação dos autênticos requisitos dos homens:

– instrução;

– virtude; e

– piedade.

O conhecimento de todas as coisas (instrução), o domínio dessas coisas e de si mesmo (virtude) e dirigir a si e todas as coisas para Deus (piedade).

Assim, com o passar do tempo, foram aparecendo os proveitos da Escola Pansófica. O regime de internato evitou que os pais, parentes e senhores de escravos atrapalhassem o desenvolvimento educacional.

Aos poucos os estudantes, sem dificuldades, tédio, gritos ou pancadas, mostraram resultados surpreendentemente positivos.

As aulas eram divertidas e a convivência amigável.

À medida que a escola crescia e ganhava simpatizantes, aumentava a inveja e o medo dos ignorantes.

Questionavam: aonde iremos nós parar, se escravos e índios se entregarem aos estudos?

Diziam: a seguir nesse caminho logo nós seremos os escravos e a negraria os senhores.

Professora Ilca não dava ouvidos às maledicências daquela gente inculta.

Aconteceu que a representação diplomática francesa no Rio de Janeiro promoveu um concurso para bolsa de estudos. Uma única vaga. O escolhido estudaria em Paris custeado pelo governo da França.

Os filhos dos poderosos concorriam.

Professora Ilca inscreveu os seus melhores alunos.

O resultado foi um escândalo com repercussões até na Europa.

Vencedora: a escrava que atendia pelo nome de Joana, propriedade do Barão de Jundiaí da Província de São Paulo, aluna da professora Ilca Amós Nogueira, da Escola Pansófica.

Após grandes dificuldades burocráticas, mas contando com o apoio do Barão e a obstinação da professora Ilca, Joana seguiu para a França.

O sucesso dos métodos de ensino da Escola Pansófica despertou a ira de indivíduos que tinham grande poder ou influência no Império. Ricos ou fidalgos que mantinham atitude preconceituosa ou discriminatória em relação às pessoas consideradas de outra raça.

O cerco foi apertando, a pressão aumentando.

A escola foi apedrejada na madrugada do dia 14 de agosto de 1850. Os alunos passaram a ser perseguidos com ofensas morais e agressões físicas.

No dia 27 de agosto do mesmo ano, professora Ilca, ao tentar defender um aluno, sofreu grave traumatismo.

Um processo judicial, que corria contra a proprietária da escola pelo crime de desrespeito à religião do Estado, foi finalizado.

O parágrafo 5° do artigo 179 da Constituição Imperial de 1824, que deveria ser um ato de ecumenismo, expressava-se de forma ambígua por costume dos nossos legisladores. Mencionava:

"Ninguém pode ser perseguido por motivo de religião, uma vez que se respeite a do Estado, e não ofenda a moral pública."

No dia sete de setembro de 1850 a escola foi fechada por ordem do imperador.

Eu passei em frente à escola no dia seguinte. A aldrava e o grande cadeado, que trancavam a porta de entrada, despertaram-me a curiosidade.

Perguntei ao velho jornaleiro, que fazia ponto na frente do estabelecimento:

– O que houve? A escola não ia tão bem?

O ancião respondeu-me:

Pobre nação esta que vai a reboque do que há de mais retrógado. Quando se livrará da inexplicável atração pelo obscuro?

Havia tristeza em seu coração inconformado com o impedimento à expansão do saber.

Professora Ilca não tardou a convalescer e depois se mudou definitivamente para a Inglaterra.

Ela nunca deixou de corresponder com os seus alunos e professores da extinta Escola Pansófica.

Ao concluir os estudos, Joana permaneceu em Paris. A única coisa boa que aconteceu em sua vida no Brasil já não existia.

Quando a professora Ilca foi para a Inglaterra aumentaram-se os contatos com Joana. Visitaram-se algumas vezes. Tornaram-se grandes amigas.

Apesar de ter sido escorraçada daqui pela Justiça, professora Ilca fez amigos e admiradores. Deixou nas terras paulistas uma centelha que, creio, fará desta região uma das mais desenvolvidas do mundo.

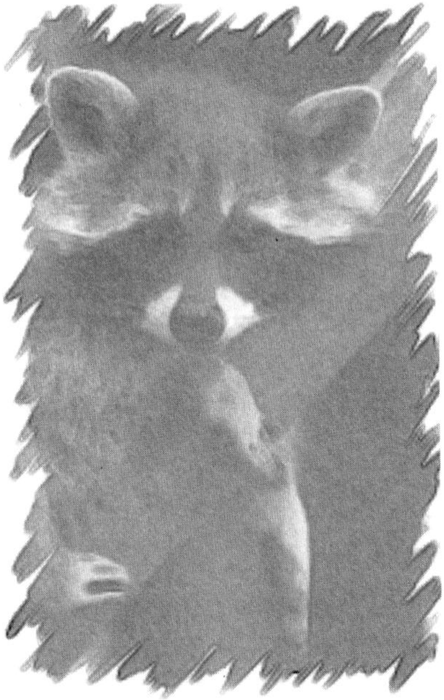

O Lobo que sabia subir em árvores

Era sexta-feira da paixão, dia em que o cristão não deve comer carne nem acreditar em tudo que escuta, vê ou sente.

Eu passava o feriado em Sorocaba na casa do meu tio Frederico, que era homem católico praticante e fervoroso devoto de São Tomé.

Já estava quase escurecendo quando o Alfredão chegou com a notícia. Notícia de sexta-feira santa. Só não estava esclarecido ainda se o caso era milagre ou traquinagem do tinhoso. Não demorou muito e a casa do tio Frederico estava mais lotada que a igreja matriz na missa de domingo. E, já que a questão era de cunho sobrenatural, foram buscar o padre Lucas.

Padre Lucas foi logo dizendo:

– Milagre não é não. Isso está mais é para o lado do capeta. Um jeito de ele desviar a atenção dos fiéis do importante dia de hoje. Confundir os incautos é um dos seus ofícios.

E o velho padre foi embora contrariado e resmungando:

– Em vez de estarem jejuando e rezando pelos seus pecados que sei serem muitos, você estão aí a espalhar essas histórias e ajudando o coisa-má no seu serviço sujo de camuflagem e engodo.

E o Alfredão, no centro da multidão, contava, repetia e contava de novo, à medida que mais pessoas chegavam.

Aconteceu que o compadre Antônio, homem valente e trabalhador, mas que não levava a sério suas obrigações religiosas, tanto fez que acabou recebendo o castigo merecido.

Naquela sexta-feira o homem havia começado o dia comendo carne de tatu com farinha e bebendo cachaça. Num dia reservado à meditação e à lembrança do sacrifício do Senhor, o descrente foi trabalhar. Não podia dar outra coisa. Quando estava campeando um potro bagual, viu o que só poderia ver quem trabalha numa sexta-feira santa.

Um lobo trepado numa árvore. Não em tronco inclinado ou coisa assim. Não senhor, o bicho estava nos galhos, bem lá no alto.

Compadre Antônio até pegou sua carabina para atirar no animal, mas alguma coisa no seu íntimo levou-o a capturar o lobo vivo.

– O lobo está agora, neste momento, lá na fazenda do compadre Antônio, para quem quiser ver, amarrado com laço comprido, nos galhos de uma mangueira. Bem no alto, para quem quiser ver. – Assim concluía Alfredão a sua história.

E eu estava lá. Bebi a água na nascente, como se diz.

Ficou combinado que o povo da cidade, em procissão, marcharia para a fazenda do compadre, logo ao raiar do dia. Todos queriam ver o lobo que sabia subir em árvore.

Tio Frederico era um dos mais entusiasmado. Precisava ver para crer. Fazia parte do seu ritual.

Tinha ele certa dificuldade ao lidar com a verdade. Aquelas verdades que podiam ser alcançadas pela razão não lhe causavam problemas. Relutava muito, no entanto, quando elas ultrapassavam totalmente a capacidade cognitiva da mente humana. Nunca se convenceria de que Deus é trino e uno. Só se um dia visse as três personalidades separadas e unidas. Coisa difícil de acontecer, mesmo em sonho.

Não havia dúvidas, no entanto, quanto à existência de Deus. Ele a havia provado por via demonstrativa. Tudo muito lógico e coerente. A única forma racional de explicar a existência da energia concentrada na primeira partícula da primeira molécula da primeira matéria.

Na manhã do dia seguinte partiram. Não os acompanhei por ter muito que fazer antes de retornar ao trabalho na segunda-feira.

Noite alta retornaram. Todos impressionados com a confirmação da notícia. Tio Frederico disse-me:

– É... Ele sobe em árvore. Só que não é um lobo comum. É diferente. Acredito que Lúcifer tenha feito algumas modificações no lobinho para que ele pudesse subir em árvore. É algo alarmante. Precisa ver meu caro sobrinho.

A curiosidade aumentou, mas precisava retornar a Itu na manhã do dia seguinte.

Parti para Itu e depois para a Capital da Província.

Os dias, preguiçosos, foram passando um após o outro, enquanto a notícia do lobo que subia em árvore corria com a rapidez dos cavalos que o compadre possuía na sua fazenda.

Quem conta um conto aumenta um ponto. Assim diz o ditado.

E a água daquele rio estava muito adulterada. A história não era aquela que ouvira do Alfredão na casa do meu tio. Transfiguraram o lobinho em monstro terrífico e maligno. O compadre Antônio era a própria encarnação do capeta. Sua cachaça, na sexta-feira santa, transformara-se em sangue e, mesmo assim, diziam, o homem bebeu e continuou bebendo. Havia gente que jurava ter visto o compadre engolindo sangue e rindo como fazem os anjos caídos.

Ouvi dizer que um grupo de poderosos da região, movido por inveja, ou por medo, ou por outro sentimento qualquer capaz de fazer um humano tirar a vida de outro ser, havia contratado os serviços do capitão Juscelino.

Capitão Juscelino é homem que aluga sua arma para quem lhe pagar mais. E com ela mata o que for encomendado.

Dizem que o Capitão ficou tão interessado em dar cabo daquela besta, criação do diabo, que foi contratado por preço bem abaixo do que costuma cobrar.

Fiquei preocupado com a saúde do meu compadre. Resolvi, finalmente, ir ver o lobo que subia em árvores.

Quando cheguei naquele lugar estava tudo muito agitado e havia gente por todo o lado. Compadre Antônio, quando me viu, veio ao meu encontro e, após forte abraço, arrastou-me para a cozinha onde estava a comadre e a pequena Tereza, minha afilhada.

Se a agitação era grande lá fora, dentro da casa do compadre tudo permanecia com a simplicidade e a harmonia que sempre teve.

Fiquei feliz em revê-los. Eles também gostaram da minha presença.

Falei com o compadre sobre as histórias que estavam circulando a respeito do tal lobo.

Compadre deu uma risada, no que foi acompanhado pela mulher e a filha. Disse:

– Gente ignorante e supersticiosa!

– Tenho que lembrar ao compadre de que tais coisas são combustíveis para a violência.

– Sei disso, compadre. Mas, antes de qualquer coisa, venha ver o monstro terrível que não passa de um pobre bichinho que sabe subir em árvores.

O lobo tinha focinho longo, olhos e orelhas grandes e, uma máscara ao redor dos olhos. Havia listras na cauda. Apresentava coloração acinzentada, quase negra. Aproximadamente um metro de comprimento e cerca de trinta centímetros de altura. Não pesava mais que uma arroba. As patas tinham cinco dedos longos, com pelagem curta.

Eu já havia visto aquele "lobo" no zoológico da cidade do Rio de Janeiro.

– Não é lobo compadre. Esse animal é um mão-pelada. Bicho comum no Uruguai e que, de quando em quando, aparece no Brasil, principalmente em região de cerrados.

O compadre deu nova risada.

– Eu já sei disso, compadre. Esteve aqui um estrangeiro que me afirmou exatamente o que acaba de dizer.

O compadre resolveu soltar o animal. Avaliou com bom senso a situação e achou que havia risco para ambos naquela história do outro mundo.

Dois dias após ter libertado o animal, que deixou no meio do mato fechado, apareceu na fazenda o capitão Juscelino.

O capitão seguiu as pegadas do bicho por dias e dias. E, como sempre, concluiu o seu trabalho profissional.

Capitão Juscelino tornou-se herói e, certamente, será uma lenda. Seus netos ouvirão dele falar como o homem que enfrentou e venceu o monstro criado pelo demônio numa sexta-feira da paixão com o sórdido propósito de ofender a Deus.

As mentiras do Corpo

Magali tornou-se minha amiga na infância e, até hoje, preservamos sólida amizade resistente à distância e ao tempo. Estudamos os primeiros anos juntos. Depois ela foi para a Europa, completou estudos e, mais tarde, tornou-se professora de cirurgia, anatomia e obstetrícia na capital da província. Permaneceu a amizade.

A grande paixão de Magali, no entanto, era uma nova ciência. Aquela que um croata, chamado Marko Marulik, deu o nome de "Psichiologia".

Estudou muito essa matéria com os grandes mestres europeus e fazia pesquisas e trabalhos acadêmicos sobre o tema aqui no Brasil.

Quando eu estava em São Paulo gostava de passear com a minha amiga. Andávamos sempre juntos. Ela gostava de teatro. Eu a acompanhava.

Sempre atenta a tudo, ela acreditava que podia ler as emoções das pessoas e entendê-las apenas pela expressão corporal.

Outra característica do temperamento de Magali era a sua teimosia. Quando encasquetava uma coisa no juízo não havia cristo que a demovesse daquilo.

Há tempos freqüentava o teatro um casal que, invariavelmente, sentava na última fileira, na primeira poltrona do corredor à direita. O homem estava, sempre que passávamos, numa postura ereta, irretocável. A mulher, um pouco mais a vontade. Eles nunca mudavam de lugar.

No chá, após a peça, Magali sempre analisava aquele par criminando o marido e menoscabando a mulher.

O homem era um tirano opressor, arrogante e insensível. A mulher uma pobre coitada, sem vontade própria, submissa e servil. Ele a maltratava dando-lhe várias surras durante a semana e depois remediava levando-a ao teatro para que a ignorante pudesse exibir o vestido novo que ele havia comprado. O déspota sentava sempre no fundo para exercer o seu controle sobre as demais pessoas. Queria sempre estar no poder como é próprio de todos os megalomaníacos.

Eu passava pelo casal e via um homem impecavelmente bem vestido, numa postura igual aquela que meus pais gostariam que eu tivesse, e uma mulher simpática e atraente ao seu lado. Era só isso para mim.

Para Magali, que entendia a linguagem do corpo, o homem era um monstro. Ela passou a odiá-lo. Já não permitia mais que passássemos pelo corredor central apenas para não cruzar com o casal.

Não suporto esse animal. Dizia ela.

Achei que devia conferir os conhecimentos adquiridos, pela minha amiga, sobre a nova ciência.

Numa tarde, assim que a peça terminou e enquanto os artistas estavam no palco recebendo os aplausos do público, eu arrastei Magali para a saída do teatro.

– Não seja mal educado João. Que pressa é essa?

Constrangidamente foi comigo.

Paramos no átrio bem em frente à porta. Quando o casal ia passando convidei-os para tomar chá.

Educadamente aceitaram.

Após as apresentações, disse-lhe que a minha amiga era professora e estava trabalhando numa pesquisa sobre o relacionamento de casais e gostaríamos de fazer-lhes algumas perguntas.

Concordaram sempre de forma muito simpática. Eu me dirigi à mulher e fiz a primeira pergunta:

– Como é o seu marido na intimidade do lar?

Ela respondeu que ele era o melhor homem do mundo, que isso, que aquilo, sempre se referindo ao marido como pessoa amorosa e gentil.

Não deixou dúvida alguma quanto ao caráter amável e amigo do esposo.

Essa era a única pergunta que me interessava, mas continuamos conversando.

Magali, que no início estava nervosa e arredia, aos poucos foi gostando da conversa e, não demorou, conversávamos como se fôssemos velhos amigos.

Muitas outras vezes encontramo-nos à saída do teatro e conversamos.

A antiga repulsa de Magali converteu-se em amizade.

Magali passou a achar que formavam um belo casal, mesmo continuando eles, invariavelmente, a ocuparem as mesmas poltronas e o marido mantendo aquela postura impecável de soldado à porta do palácio imperial.

Certo dia quando estávamos sós, numa dessas conversas informais que a amizade permite, o homem confidenciou-me:

– Sou um homem feliz apesar de dois problemas de saúde que carrego comigo.

– Que problemas? – Indaguei.

– Tenho uma doença não muito comum que vai calcificando a coluna vertebral. Isso faz com que eu vá perdendo a mobilidade no tronco. Também tenho incontinência urinária. Essa é a razão pela qual nós nos sentamos sempre naquela mesma poltrona, como devem ter reparado. É a mais próxima do banheiro masculino.

A Cigana

Vicente era rico e poderoso. Forte como mula de carga. Não tinha instrução escolar nem educação de berço. Não dava importância ao que as outras pessoas sabiam ou pensavam, por isso acreditava que estudar era perder tempo. Aprender a pensar como todo mundo pensa. Ser medíocre.

Com o dinheiro que tinha comprava quase tudo que precisava ou queria.

Morava em Cabreúva desde criança. Sua casa era enorme e suntuosa e, na fazenda dele, havia tanto gado que se tornava difícil dizer a quantidade exata.

Suas propriedades estavam cheias de jagunços. Dois ou três sempre o acompanhavam aonde quer que fosse.

Tinha muitos escravos e poucos escrúpulos ao lidar com eles. Uma maldade, dentre as muitas que fazia, era sórdida e reveladora da sua personalidade repulsiva: matava um ou dois negros apenas para espalhar, entre eles, a idéia equivocada de que manga com leite é veneno. A manga era o principal alimento, senão o único, dos seus escravos. O leite, produto que gerava riqueza para Vicente, era manuseado pelos cativos desde a ordenha até o transporte para o consumidor final. Eles não podiam beber uma gota do leite. Só o conseguiriam roubando. Vicente não sabia se havia ou não roubo de leite, mas, para evitar que isso acontecesse, todo ano reunia a negraria e apartava um ou dois. Em público, obrigava-os a comerem manga e, logo em seguida, fazia-os tomarem leite. Comiam, bebiam e morriam. Vicente colocava veneno no leite. Reforçava assim a crença de que comer manga e beber leite era algo mortal. Achava que dessa forma os negros não roubariam o seu leite.

Vicente era grande comprador de um dos produtos que eu vendia razão pela qual o visitava com freqüência em sua fazenda. Recebido, quase sempre, pelo capataz punha-me a salvo de tão desagradável companhia.

Cabreúva, naquela época, hospedava um grupo de ciganos. Gente que sempre desperta sentimentos exaltados. A maioria desses sentimentos provém de preconceitos. Alguns, das atividades econômicas desenvolvidas por eles no passado recente. A captura de indígenas para venda como escravos e o contumaz inadimplemento com os fornecedores de matéria prima, por exemplo, são fontes de antipatia e ódio que os descendentes ciganos carregam e ainda vão carregar por algum tempo.

Para a grande hipocrisia que habita o coração humano capturar índio após a proibição legal passou a ser algo imoral e repugnante. Açoitar negro até a morte é tolerado. Viramos o rosto e convivemos com os muitos "vicentes" que povoam o mundo. Matar por uma ideologia ou por uma forma de governo pode ser heroísmo, patriotismo ou assassinato, dependendo do que se pensa como certo, moderno e politicamente correto.

Talvez no futuro o ser humano consiga livrar-se dessa falsa devoção social e humanitária e passe a ser um humano autêntico.

E vocês perguntam:

– Mas e aí João, que é um humano autêntico?

E eu respondo que ainda não sabemos, mas que num futuro muito, muito distante o homem saberá. Por enquanto temos uma dualidade: ou será do bem ou será do mal; semelhante a Deus ou, ao diabo; humanos como Jesus ou humanos como Pôncio Pilatos.

Oxalá no futuro já não haja preconceitos e injustiças. Quiçá o homem não morra de fome e sofrimento enquanto o vizinho morre de pimelose ou doses excessivas de pervertido prazer. Não é provável que seja assim, mas quase tudo é possível. Até um mesmo futuro melhor para a humanidade.

Dentre os ciganos que temporariamente residiam em Cabreúva, estava Tereza. Tereza era uma quica morena de olhos grandes e negros como jabuticaba. Tereza gostava de música e vivia de artesanato e de ler a sorte.

Certo dia Tereza leu a mão de Marcelo. Viu naquela mão que o seu próprio destino cruzava com o fado do rapaz. As letras contidas na mão embrutecida pelo trabalho duro permitiram que ela deduzisse tristezas e desgraças. Viu também que ela era a única possibilidade de felicidade para ele. Tereza não lia a sua própria mão. Se tivesse tal dom talvez pensasse um pouco mais antes de tornar reais os sonhos que a partir daquele dia povoaram os seus sonos. Marcelo não entendia nada de quiromancia, mas reconheceu naqueles olhos negros a alegria que esperara a vida inteira.

A partir daquele dia Tereza sonhava com Marcelo e Marcelo sonhava com Tereza.

Passou o tempo. Não muito tempo. Um povo nômade como o de Tereza tem código ético próprio, no qual o coração dirige a mente. Ele dita as decisões. Decisões rápidas, pois depressa passa a vida e a permanência em Cabreúva duraria pouco.

Tereza foi até Marcelo. Marcelo já a esperava. Não careceu palavra. Eles sabiam.

Começaram os dias de felicidade intensa para ambos.

Aquela qualidade inerente a uma pessoa, distinguindo-a das demais, não permitia que Tereza abandonasse o grupo de ciganos. Marcelo, que não era sujeito errante, não tinha raízes que o prendiam em Cabreúva.

São os disparates da existência humana. Ela, nômade, era prisioneira de si mesma. Ele, fincado em Cabreúva, não tinha peias na vida.

E é assim é que é. Pois a verdadeira liberdade é uma prisão. Como disse o Pastor e como digo agora. O verdadeiro amor é uma prisão. A verdadeira liberdade é uma prisão. Tudo o que é eterno e verdadeiro só existe na prisão dos valores e crenças que formam a índole de cada indivíduo.

E o caráter de Tereza andava por caminho estreito. Estrada tênue e difícil. Conduzia à prisão.

A prisão da verdadeira liberdade.

Ela se equilibrava entre dois precipícios. De um lado, após a queda, há o campo estéril da vida fácil, prazerosa e descomprometida. Do outro lado, lá embaixo: arrogância, poder e intolerância.

O que sobra é a faixa estreita da vida que vale a pena ser vivida.

A vereda que Tereza, submissa e fiel a si mesma, percorria.

Tereza, prisioneira dela mesma, sabia o que é certo e o que é errado. Marcelo, alomórfico e livre como um cavalo arreado, ajustava-se às circunstâncias. Ela ia aonde queria, ele, aonde o vento soprasse ou o bridão e as rédeas o conduzissem.

Marcelo decidiu, naqueles dias radiantes de amor intenso, seguir ao lado da amada.

Aconteceu que, antes de partirem de Cabreúva, Tereza leu a mão de Vicente. Ela viu que ele andava pelo escuro e sombrio vale da crueldade. E ele viu os olhos de jabuticaba de Tereza. Olhos arrebatadores.

Ela o aconselhou a mudar de caminho. Ele a convidou para a concupiscência.

Ele não ouviu o conselho. Ela não aceitou o convite.

Vicente mandou os jagunços à noite.

Os capangas mataram todos os ciganos que estavam acampados em Cabreúva e levaram Tereza prisioneira para a fazenda de Vicente.

No dia seguinte, as escravas, sob os olhos dos jagunços, cuidaram de Tereza. Colocaram nela o vestido novo que Vicente havia comprado. Por um mínimo de decoro ou por outra razão que só as escravas poderiam dizer, não trocaram as roupas íntimas de Tereza. Óleos e perfumes cobriram-lhe os cabelos, o pescoço e os membros.

Os jagunços amarraram Tereza na cama da casa principal e foram embora. Por ordem de Vicente ninguém deveria se aproximar daquela casa.

Quando cheguei à fazenda, naquele dia, não avistei ninguém. Nenhum jagunço veio acompanhar-me como era costume. Segui em direção ao prédio principal.

Foi aí que vi aquela mulher com um vestido bonito, uma pequena faca na mão, ensangüentada e descalça, correndo para fora da casa principal. Ela veio em minha direção. Olhou-me com aqueles olhos negros e grandes e disse-me:

– Preciso de ajuda.

Tirei o pé esquerdo do estribo e fiz sinal para que ela montasse na garupa do cavalo.

Saímos à disparada.

Fiz o cavalo trotar por duas léguas, depois parei sob uma árvore à beira de um pequeno rio.

Apeamos.

Ela lavou as mãos e a pequena faca nas águas correntes do riacho.

Em seguida, recatadamente, guardou a faca sob o saiote.

Eu, indiscreto, vi.

Depois, contou-me tudo o que tinha acontecido desde o dia em que conhecera Marcelo até aquele momento em que

Vicente, confiando em demasia na sua força física, desamarrou-lhe as mãos. Mãos que buscaram a faca sob a roupa. Faca que tirou a vida do vigoroso Vicente.

– Tem lápis e papel? – Perguntou-me.

– Sim.

Escreveu um bilhete e pediu-me que o entregasse ao Marcelo.

Dei-lhe o cavalo arreado e parte do dinheiro que tinha.

Quis ver o meu futuro.

Agradeceu. Quis ver o meu futuro.

Entendi aquele gesto como forma de agradecer-me o que estava fazendo por ela.

Estendi-lhe a mão.

Disse-me que a felicidade, em breve, viria ao meu encontro. Falou sobre tempo e espaço. Sobre serem cinco anos uma eternidade. Sobre aqueles que têm o coração fiel e sobre o amor eterno. Sobre os corações instáveis e o amor que acaba. Depois disse que eu viveria até os setenta anos de idade, informação, que, muito tempo depois, ouviria de uma enfermeira. Disse ainda para que não tivesse medo do objeto sagrado que receberia no dia oito de maio de 1870.

À época não entendi quase nada do que disse.

Achei que dizia aquelas coisas por estar abalada com o recente acontecido.

– Adeus. Espero que seja feliz. – Disse-lhe.

– Minha vida feliz depende do destinatário dessa carta.

Partiu.

Voltei a pé para a cidade e de lá viajei para Itu, não sem antes procurar Marcelo.

Cabreúva inteira comentava o acontecido.

Houve briga entre os ciganos que se acabaram matando uns aos outros. Uma cigana, que atendia pelo nome de Tereza, assaltara a casa de Vicente. Essa mesma cigana tirara-lhe a vida.

Vicente, morto, ganhava ares de cidadão respeitável.

Entreguei ao Marcelo o bilhete de Tereza e relatei-lhe o que realmente havia acontecido. Ficou prostrado pela dor. Lágrimas umedeceram-lhe os olhos.

Leu o bilhete. Depois me devolveu dizendo:

– Não posso ficar com isso; é, por demais, perigoso.

Ele a amava. Isso era visível pelo abatimento e a profunda aflição que tomou conta da sua alma. Seu caráter, no entanto, não era igual ao de Tereza. Vivia no vale das coisas efêmeras. O seu amor não fora suficientemente forte para conduzi-lo àquela senda que Tereza andava.

– Posso ler o bilhete. – Perguntei-lhe.

– Sim.

Li.

Ela informava o dia e o lugar onde o esperaria.

– Você não vai ao encontro dela? – Perguntei-lhe.

– Não posso. – Respondeu-me entrando em casa e fechando a porta.

No dia estabelecido no bilhete fui encontrar Tereza.

Avistei-a de longe. Acenou para mim, talvez me confundindo com o seu amado Marcelo.

Montava um cavalo e tinha outro no cabresto.

Era o meu cavalo.

À medida que me aproximei, creio que o seu coração foi murchando, murchando. A esperança transformando-se em tristeza.

Ela havia se arrumado para recebê-lo. Vestido simples, mas bonito, cuja cor combinava com o diadema de verão que lhe adornava a fronte.

Apeamos.

Cumprimentamo-nos.

– Ele não vem, não é mesmo?

– Não. Não vem.

Aquela ausência lhe roubou a elegância e beleza de seus movimentos.

Como se fossem formados de uma mesma e única matéria que agora se partia. A parte que se perdeu levou com ela o prazer de viver.

Seus grandes olhos de jabuticaba estavam cheios de lágrimas.

Devolveu-me o cavalo e ofereceu-me um pequeno saco com dinheiro e jóias dentro.

Amarrei a corda do cabresto na garupa do cavalo que montava e, retirando a quantia que lhe havia adiantado, devolvi-lhe o saco com as jóias e o restante do dinheiro.

– Você já me pagou. – Disse-lhe.

Olhou-me interrogando.

– Estou aprendendo com você como ser um homem.

– Não sou um bom exemplo. Nem sequer sou homem.

– É a pessoa mais íntegra que jamais conheci.

– Adeus.

E assim se despedindo, montou o seu cavalo e partiu.

Não a detive. Não lhe disse nada, nem peguei a pálida rosa que deixou cair da grinalda.

E mais uma vez as palavras do Pastor-poeta reboaram em minha cabeça.

"O amor requer uma firme coragem, almas que sejam acima da dúvida, e uma têmpera que não se dobre."

Aquela cigana tinha tudo isso.

Mas, por que o amor não lhe recompensara?

A resposta pode estar na sabedoria de outro poeta mais antigo. Pode ser que o velho Poeta tenha razão ao afirmar que o amor "nunca se farta de lágrimas."

Isso tudo aconteceu quando eu tinha pouco mais de vinte anos de idade.

O tempo passou. Tornei-me velho. Fiz algumas bobagens e, quando estava prisioneiro na Capital da Província, recebi a visita de Tereza.

Os mesmos olhos grandes e negros carregavam uma serena tristeza.

– Casou? Tem filhos? Netos? Onde vive? Que faz? – Perguntei.

Não tinha se casado. Não tinha filhos nem netos. Vivia como sempre vivera. Trilhava o caminho estreito que sempre trilhara. Amava o mesmo Marcelo, seu único e verdadeiro amor.

– Estou bem. Estou com a minha gente. – Respondeu.

Confortou-me falando de Madalena, meu amor verdadeiro. Exprimia-se de maneira tão familiar, que lhe perguntei:

– Conheceu Maria Madalena?

– Sim. Por meio da mão que me estendeu há muito tempo.

Perguntou-me se queria que me lesse a mão.

Não quis. Àquela altura da vida já não nutria tal curiosidade.

Pareceu-me que já sabia a resposta antes de fazer a pergunta.

Agradeci-lhe a visita e perguntei:

– Posso dar-lhe um abraço?

Ela deu de ombros, como a consentir.

Abracei-a bem forte e dei-lhe um beijo no rosto.

Ela foi embora.

A última vez que vi a cigana Tereza foi naquele breve visita que me fez na prisão. Nunca mais nem ao menos ouvi falar dela.

Ouvi muito sobre o Marcelo. Encontrei-o algumas vezes.

Casou-se com moça rica. Uma aparentada de Vicente, que lhe herdara os bens.

Marcelo formou família e é homem importante em Cabreúva.

Todas as vezes que conversei com ele olhei no fundo dos seus olhos, buscando explicação.

Não eram negros, nem grandes, nem serenos.

Mas a tristeza estava lá.

Lá no fundo do seu olhar, às vezes perdidos e parados diante de um copo de bar.

O Piá e a Companhia

Um jovem pérfido, brutal e vingativo, com um espantoso esforço de vontade, transformou-se em santo. Após essa maravilhosa metamorfose ocorrida em sua alma, transfigurou o mundo com seus exercícios, seus estatutos e seu princípio de obediência.

O moço que virou santo atendia pelo nome de Inácio de Loyola.

Deixou como legado a Companhia de Jesus que conquistou o globo no século XVI.

A sociedade criada por Inácio de Loyola foi a primeira sociedade organizada que no Brasil aportou. Abolida do mundo e expulsa do Brasil pelo Marques de Pombal, foi restaurada pelo papa, em 1814, e retornou ao Brasil.

Aqui os jesuítas permanecem, até hoje, influenciando vários aspectos do desenvolvimento do País.

Deus põe e o diabo quer dispor. Deus cria o homem e o paraíso e o diabo lá semeia cobiça e soberba. Deus envia seus anjos, o diabo infiltra seus espiões.

E entre os jesuítas veio para o Brasil um discípulo de satã disfarçado de padre.

Hugo era o seu nome.

Hugo espalhou terror nos lugares em que passou de Santos até Cuiabá, aonde sua desmedida ambição o levou em busca de ouro e outras riquezas.

Nas imediações de Cuiabá vivia o povo Guaicuru. Índios cavaleiros de exuberante constituição física, que maravilharam os quantos europeus que os observaram na plenitude do seu desempenho.

Quando Hugo chegou à aldeia dos Guaicurus foi recebido como foram recebidos os demais jesuítas antes dele.

As crianças fizeram festa em sua homenagem. Os homens o carregaram com gosto e honra. Os jovens dançaram com seus corpos escarlates de urucum cobertos de plumas.

Mas Hugo não gostou nada do que viu.

Indígena bom é indígena cativo, pensava ele.

Hugo, habituado a ter os braços fortes dos nativos para o trabalho escravo, não gostou de ver guerreiros livres e orgulhosos.

Hugo acostumado a abusar das mulheres da terra para a sua doentia alegria do sexo, não gostou de encontrar mulheres que não fossem usadas para a formicação ou para emprenhar novos braços e novos ventres fecundos.

Mas o que mais escandalizou Hugo foi conhecer um piá de pouco mais de dez anos a quem os guaicurus veneravam igual divindade.

O jovem índio, descendente de grande líder religioso de extinta tribo da família lingüística guaicuru, pressentiu a maldade que havia no coração de Hugo.

Hugo disse ao menino:

– Seus dias de glória acabaram. Breve será escravo ou defunto.

– Você morre primeiro. Respondeu-lhe o menino; não em tom ameaçador, mas profético.

Violência mortal, intolerância, prepotência e ganância fizeram Hugo adicionar às suas obrigações missionárias, sem o conhecimento de Roma, guerras de subjugação e extermínio.

Participava ativamente das batalhas.

Num dia em que os guerreiros estavam caçando e as mulheres cuidando da lavoura, Hugo e seus jagunços invadiram a aldeia guaicuru.

O piá estava com os guerreiros na caçada.

Um pressentimento tomou conta da alma do pequeno guerreiro.

Ele pediu que os valentes guaicurus voltassem à aldeia e estivessem prontos para a guerra.

Chegaram a tempo de ver Hugo e seu bando saqueando as tendas, matando as crianças e incendiando a aldeia.

As lanças guaicurus travaram-se ruidosamente com as armas dos bandidos.

O piá mirou o coração de Hugo.

Hugo caiu atravessado pela flecha do menino guerreiro.

Os guaicurus derrotaram a corja de Hugo.

Depois vieram os soldados do governador e entraram na mata e incendiaram as aldeias, assolaram os campos e as lavouras e passaram tudo ao fio da espada.

O pequeno índio foi feito prisioneiro.

O governador ficou maravilhado com o piá. Levou-o aos jesuítas.

Os jesuítas, impressionados, levaram-no a Portugal.

De Portugal foi conduzido a Roma.

Em Roma converteu-se e aprendeu a defender sua gente dos agravos que sofria.

Dizem que se tornou um grande jesuíta.

O Pomo da Discórdia

Homero, velho poeta cego, legou-nos duas das mais extraordinárias histórias que o gênio humano foi capaz de produzir.

Contou, cantando em versos, a guerra entre gregos e troianos e, também, o retorno do herói Odisseu à sua pátria.

Entre o início do conflito e o retorno de Odisseu aos braços de Penélope, sua mulher, passaram-se vinte anos. Dez anos durou a guerra e outro tanto o herói, para voltar à ilha de Ítaca, sua casa.

De Ílion, que Roma chamou de Tróia, originou-se o nome da primeira história que o Poeta cego nos contou: "Ilíada". De Odisseu, que os romanos chamaram de Ulisses, o nome da segunda história: Odisséia.

Precioso no estilo, elegante na forma e profundo no conteúdo, Homero soube ler e entender o coração do homem e os caprichos dos deuses. Revelou-nos a intricada convivência entre deuses e humanos, contando-nos a história do homem que foi maior do que os deuses porque era apenas humano.

Heitor, o domador de cavalos.

Heitor era o nome do príncipe dos troianos, filho do rei Príamo e irmão de Páris ou Alexandre, como lhe chamaram em Roma.

Conto agora a história de outro Heitor, irmão de Mário. Outro domador de cavalos. Outro herói que enfrentou a ira dos poderosos.

Na história contada pelo grande Homero, tudo começou num dia de festa.

Festa para comemorar o casamento de Peleu e Tétis. Peleu era um mortal, pai de Aquiles; Tétis, mãe de Aquiles, deusa imortal filha de Nereu, deus dos mares. Aquiles foi um herói grego quase indestrutível na guerra de Tróia.

Filho de uma deusa e de um mortal, Aquiles tornou-se invulnerável por obra da deusa sua mãe.

Tétis quis fazê-lo imortal. Mergulhou-o nas águas do rio Estige segurando-o pelo calcanhar. O calcanhar, que não recebeu as águas do rio da imortalidade, tornou-se o seu desconhecido ponto fraco.

O rio Estige, também chamado de rio Styx, era um dos três rios que faziam fronteira com o Tártaro ou Inferno, morada do Deus Hades (Plutão), irmão de Zeus.

O casamento foi celebrado no Monte Olimpo, que era o nome da morada dos deuses. Lugar de delícias e vaidades.

Outra deusa, preterida pelos organizadores da solenidade, apareceu sem ser convidada.

O nome da deusa era Discórdia, que naquele tempo era só um nome de deusa.

Discórdia, também chamada de Éris, lançou sobre a mesa uma maçã de ouro, despertando a cobiça das vaidosas deusas.

Disse que a jóia seria da mais linda das deusas.

O concurso de beleza foi iniciado.

Três deusas apresentaram-se como concorrentes ao prêmio: Hera, Afrodite e Atena.

Hera. Deusa ciumenta e vingativa, irmã e esposa de Zeus, o todo poderoso senhor do céu e da terra.

Afrodite. Deusa do amor e da beleza. Em Roma era chamada de Vênus.

Atena. Palas Atena era filha de Zeus, nascida de sua cabeça. Já nasceu adulta e inteiramente armada. Deusa da sabedoria; dispunha do raio, como Zeus. Em Roma foi chamada de Minerva.

Iniciada a contenda, carecia de um árbitro. O juiz que seguia a ordem natural das coisas deveria ser Zeus. Ele, no entanto, não poderia julgar de forma reta, justa e desapaixonada. Havia envolvimento familiar naquela questão.

Zeus então sugeriu como mediador o príncipe Heitor, por quem nutria sincera admiração e, quanto ao caráter, inveja.

Quando o nome de Heitor foi proposto, as deusas concorrentes argumentaram.

– Heitor! Não, esse não serve. Só tem olhos para Andrômaca. Não saberá distinguir a verdadeira beldade. Ele confunde beleza com dignidade.

Andrômaca era a esposa de Heitor.

Elas sugeriram o nome de Alexandre para julgar a disputa. Alexandre ou Páris, irmão de Heitor e príncipe de Tróia.

Zeus concordou.

Na história que conto tudo começou, igualmente, numa festa de casamento. Festa de casamento para a qual Mário não foi convidado. Não podia ser. A noiva era a sua amada Clara. Casamento de conveniências. Ela, filha da nobreza, ia casar-se com o filho do dinheiro. Tudo certo como as coisas deviam ser. Mário, peão de fazenda, não podia pretender olhar para tão alto. Amor inconveniente, quase impossível.

O coração de Clara estava triste, nutria tênue esperança. O coração de Mário estava inquieto e sustentava firme certeza.

Na história contada por Homero, as deusas concorrentes puseram insistentes propostas junto a Alexandre. Poder, glória e riqueza ofereceram-lhe na tentativa de ganhar-lhe a preferência.

Afrodite, que melhor conhecia o coração do namoradiço Alexandre, prometeu-lhe o amor da mulher mais bonita do mundo.

Alexandre deu a vitória à Afrodite.

Ao escolher Afrodite, Alexandre provocou a ira das duas outras deusas desprezadas.

Quando Afrodite consultou sua mágica máquina, capaz de receber, armazenar e enviar informações sobre todo o universo, para saber quem era a mortal mais bonita do mundo, aconteceu um inesperado problema.

A mulher mais bonita do mundo era casada.

Helena era a mais bela do mundo. Helena, mulher de Menelau, rei de Esparta, irmão de Agamenon, rei de Micenas.

Palavra de deusa não volta atrás.

Afrodite ajudou Alexandre a conquistar Helena e a levá-la para Tróia.

Os reis gregos, antigos pretendentes à mão de Helena, haviam realizado um pacto de ajuda mútua para proteção de Helena. Menelau, então, convocou-os.

Formaram o maior e mais extraordinário exército até então visto sobre a face da terra para resgatar a rainha de Esparta.

Os grandes reis gregos e os maiores guerreiros da terra apresentaram-se para aquela guerra, em busca de glória e fama.

Dentre esses heróis guerreiros destacava-se Aquiles, o, até então, imortal filho da deusa Tétis. Seu corpo inexpugnável tornava-o invencível.

Havia ainda, entre os gregos, poderosos mortais: Agamenon, forte lanceiro, de vasto poder; o gigante Ajax, baluarte dos Aqueus; o filho de Laertes, Ulisses de mil ardis; Pátroclo, amigo de Aquiles; Menelau, o marido de Helena; outros líderes como Diomedes, Menesteu, Nestor, Idomeneu, Nireu, e muitos e muitos outros.

Agamenon, rei de Micenas e irmão de Menelau, foi escolhido para comandar a expedição.

Embarcaram em milhares de navios e partiram para Ílion.

Começou a guerra de Tróia.

As deusas Hera e Atena tomaram partido dos gregos por vingança contra Alexandre.

Afrodite posicionou-se a favor de Alexandre.

Na história que conto, Mário, no sereno da madrugada, arreou dois cavalos. Amarrou um dos cavalos na garupa do outro que montaria. Pensativo pegou a espingarda, enfiou-a no alforje sobre a sela e colocou a garrucha na cintura.

Partiu.

Quando o dia clareou estava chegando à Capital da Província. Colocou os cavalos para descansar e esperou.

Na hora que o sino da igreja badalejou, montou e trotou para o lugar onde os casamentos são realizados.

Quando entrou na igreja posto sobre um cavalo e puxando outro, foi tanta confusão que pouca gente viu a alegria estampada no rosto de Clara que pulou no segundo cavalo e saiu em disparada, acompanhando o cavalo que Mário conduzia.

A cidade atônita permitiu a fuga.

Mário e Clara trotaram até o pequeno sítio de Heitor, irmão de Mário.

Heitor que criava e domava cavalos para sobreviver.

Mário contou a Heitor o que havia feito.

Heitor perguntou a Clara sobre sua livre vontade e sobre seus sentimentos.

– Eu o amo. Quero ir com ele. Quero ser feliz. – Disse a moça.

Heitor deu-lhes mais dois cavalos, mantimentos e dinheiro.

Eles partiram.

Viajaram muito e muito tempo. Cruzaram o rio Paraná e seguiram em frente, na direção ao Oeste.

Cessou a viagem às margens do rio Miranda. Pequeno povoado chamado Lácio. Ali fincaram moradia. Mudaram os nomes e viveram felizes até o fim de suas vidas.

Quando, na Capital, as autoridades e os poderosos refizeram-se do espanto que o ato inesperado de Mário causou, juraram vingança.

O exército imperial marchou contra o império do coração de Clara e Mário.

Com três dias de atraso, um pequeno batalhão das forças imperiais chegou à modesta propriedade de Heitor.

O noivo abandonado no altar e o visconde pai da noiva fugaz entraram na casa de Heitor e lançaram sobre a mesa um pomo de ouro. O pomo fora confeccionado pelos melhores artesões da corte em Portugal, com o puro metal extraído das Minas Gerais.

Jóia extraordinária. Bela e cara, continha cerca de um quilo de ouro, ornado de diamantes e pedras preciosas.

Homens piores que os antigos deuses.

– Retornaremos amanhã. A jóia é sua. Você vai nos guiar até o seu irmão. Não há alternativa. – Disse o visconde.

Retiraram-se para fora das terras de Heitor e aguardaram o dia seguinte.

Reles humanos que põem a fortuna e a cobiça sobre a coragem e o dever. E que, com vil fruto indeiscente dourado, almejam subverter o coração humano.

Heitor reuniu a família:

O velho pai, a mulher Cláudia e o pequeno filho Felipe.

O velho aflito não sabia o que aconselhar ao filho. Lamentou-se da fraqueza que o impedia de lutar.

Cláudia suplicou-lhe que fugissem todos naquela noite.

O pequeno Felipe só chorou.

Os amigos de Heitor vieram até ele, apresentaram-lhe solidariedade e esperaram por uma decisão.

Houve um momento na história contada por Homero em que o divino e indestrutível Aquiles, louco de ódio por ter Heitor vencido e matado o seu amigo Pátroclo, gritou às muralhas de Tróia ofensas a Heitor, desafiando-o para o combate.

Combate onde todos, antecipadamente, já sabiam quem seria o vitorioso. Ninguém podia vencer o indestrutível Aquiles.

O melhor na arte da guerra, dentre os filhos de homem e mulher, Heitor não possuía ânimo belicoso. A glória, ou algum deus guerreiro, não governava o seu coração. Príncipe pacífico e amoroso, Heitor participava da guerra pelo dever de proteger o seu povo. O armipotente Aquiles, ao contrário, era o próprio espírito da guerra e da destruição. Mortes, saques e horrores seguiam seus passos. Orgulho, ódio e prazer de matar o governavam.

Heitor avaliou todas as possíveis alternativas. Todas lhe conduziam a dois caminhos. O da covardia, de um lado. O da morte, de outro.

-"Mas Heitor amarrou o fado funesto, para que ali ficasse à frente de Ílion e das Portas Esqueias." – Assim cantou Homero.

E o seu velho pai, o rei Príamo, o primeiro a vê-lo decidindo o seu destino à frente dos portões, dirigiu-lhe palavras penosas, de mãos estendidas:

– "Heitor, não me fique aí, meu filho, à espera daquele monstro, cruel e duro..."

O ancião bateu no peito e com as mãos arrancou os cabelos brancos da cabeça.

E o coração de Heitor hesitou ao ouvir a voz emocionada do querido pai.

A mãe lamentava-se em lágrimas e dirigiu-lhe palavras comoventes:

– "Heitor, meu filho, respeite este peito e tenha compaixão de mim, se alguma vez lhe apazigüei dando-lhe o peito para mamar. Lembre-se disso, querido filho, e venha para o lado de cá da muralha."

– Ambos choraram, implorando seu filho amado com muitas súplicas.

E o coração de Heitor novamente balançou. Pensou no doce colo de Andrômaca. Pensou no seu querido filho que não passava de pequena criança.

Pensou em entrar.

Depois pensou no futuro.

O Heitor, cantado por Homero, pensou que, caso buscasse abrigo nas muralhas de Ílion, muitos e muitos anos depois do fim daquela guerra, as pessoas passariam pelo seu túmulo e diriam:

– Aí está Heitor, que teve medo de enfrentar Aquiles e, acovardado, abrigou-se nas muralhas de Tróia.

Aos descendentes deixaria o legado da vergonha.

Aquele Heitor escolheu, conscientemente, o caminho da morte. Sua escolha fez-nos dele lembrar como o homem que arrostou os deuses e que, por ser humano, foi maior que todas as divindades.

Repertório de sabedoria e adagiário atualíssimo, a Ilíada foi reputada, por homens de espíritos iluminados, como narrativa fantástica e atemporal da contenda entre valores éticos e morais dos homens.

Guerra que pôs deuses e homens em trincheiras antagônicas. Do lado da astúcia da serpente ou do lado da ausência de falsidade da pomba.

E, na minha opaca opinião, os valores serpentíferos que representam poder, força, esperteza, corrupção e engodo foram os vitoriosos na Guerra de Tróia.

O Heitor que conto, também avaliou as possíveis alternativas. Todas lhe conduziam a dois caminhos. A morte fugindo com a família ou a morte sozinho.

Heitor optou pela morte solitária.

Orientou os amigos para que levassem o velho pai, a querida esposa e o amado filho para longe.

Na calada da noite isso foi feito.

Os amigos deixaram-lhe armas e munição.

Heitor passou a noite preparando-se para enfrentar o destino que escolhera.

Quando raiou o dia, o visconde e o noivo foram recebidos a bala. Uma delas traspassou o coração do visconde. A outra estourou a cabeça do noivo.

Os soldados avançaram atirando.

Heitor respondeu com fuzilaria.

Heitor havia preparado todas as armas de forma que as disparava em rápida seqüência dando a impressão de que havia, no interior da casa, vários atiradores.

A metade dos soldados morreu a outra metade julgou prudente buscar reforços.

À tarde daquele mesmo dia chegou o temido exército imperial.

A humilde casa de Heitor foi destruída e incendiada.

Dele, só restaram cinzas.

Não houve funeral.

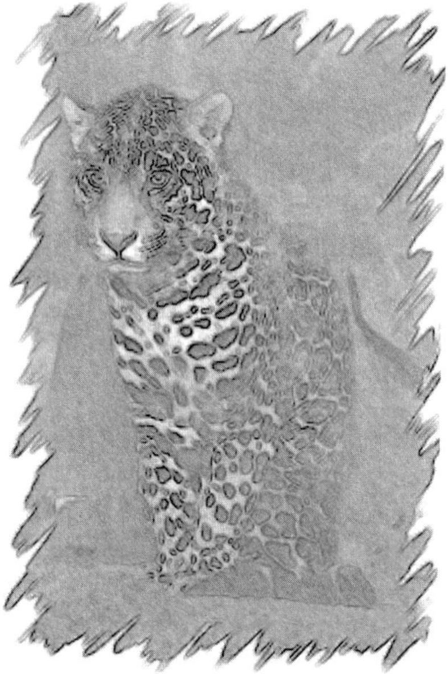

A Onça Pintada

Existe uma onça que me quer morto. Segue-me de perto. Vem ao meu encalço há muito tempo. Acossa-me em sonhos. Atormenta-me em pesadelos.

É que ela não conhece bem os caminhos que trilho, nem a substância de que fui feito.

Conheço a mata e o cerrado e desvendo seus mistérios de forma que ela nem sequer tem noção. O dia e a noite são para mim a mesma coisa. Quem foge de mim, alcanço. Quem me espera, enfrento. Prefiro o desafio à vergonha. Iguais para mim são a fama e a obscuridade. Minha maior virtude, mesmo assim, é a modéstia.

Alguém precisa avisar esse animal demente, caso ainda não saiba, que sou de paz até o início da guerra.

Depois desse emersoniano devaneio, relato para vocês singular história.

Conto agora sobre o jaguar que é um fardo no meu destino.

Persegue-me uma onça pintada desde que passaram a entender meus resmungos.

Mamãe contava que, ainda bebê, eu já tinha pesadelos com o felino.

Quando eu tinha cinco anos essa fera entrou no meu quarto e por muito pouco não me devorou. Só estou vivo pelo sentimento intuitivo que as mães possuem. Antes de a onça pular sobre a minha cabeça e esmagá-la com as mandíbulas mais poderosas da terra, o pressentimento levou minha mãe chegar correndo e gritando com tal estardalhaço que fez o animal assombrado fugir nas unhas.

Muitas e muitas vezes ela foi avistada rondando os lugares onde eu estava ou fazendo-me tocaia, mas são nos sonhos e pesadelos que mais me persegue.

Uma noite, voltava para casa depois de uma longa viagem. Estava cansado e com sono. Já quase chegando a Itu, alguma coisa assustou o cavalo que se esquivou do caminho jogando-me ao solo. Bati com a cabeça num toco e desmaiei. Quando abri os olhos, a onça pintada estava sobre mim. Urrando e arreganhando os dentes. Permaneci deitado e busquei minha garrucha na cintura. Ela rugiu e bateu com o pé. Parecia querer que eu olhasse para a sua pata traseira. Levantei devagarzinho a cabeça e vi: a pistola estava sob as unhas do bicho. Com um coice arremessou-a ao mato. Começou a andar ao meu redor. Como se eu fosse um rato indefeso e ela o gato.

Foi nessa situação de total infortúnio que comecei a conversar com a onça pintada. Primeiro com alguns palavrões e ofensas, acreditando que em fração de segundos ela pularia sobre a minha cabeça e faria o que faz com as cabeças dos macacos ou os cascos dos jabutis. Pretendia apenas abreviar minha agonia. Ela parou de circular ao meu redor. Sentou-se sobre as patas traseiras. Eu sentei no chão. Menos de um metro separava a minha cabeça da sua bocarra. Mesmo assim continuei falando com ela.

Aconteceu então algo por demais espantoso e perturbador. A onça passou a falar comigo. Achei que havia enlouquecido. Não estava, no entanto, em situação de buscar explicações para coisas inexplicáveis. E a onça usava expressões desaforadas e humilhantes. Tão mal educada quanto eu. Depois das ofensas, disse que não haveria nobreza em devorar-me naquela situação. Marcou data, horário e local para um novo encontro e estabeleceu as condições. Só poderia levar uma faca para enfrentá-la. Se outras pessoas fossem comigo deveriam estar desarmadas e permanecerem a uma distância de cinqüenta metros do local onde resolveríamos nossa contenda.

O animal ainda disse que a nossa peleja era algo milenar, alguma coisa relacionada com a mitologia Maia.

Com mais algumas injúrias, a onça deu-me as costas e embrenhou-se no mato.

Fui para casa a pé e com o orgulho ferido.

A notícia do acontecido espalhou-se como fogo em pólvora. No dia marcado veio gente até da capital da província para assistir o incomum duelo.

O local era um descampado e o palco um terreno sem vegetação, perto da mata. O público curioso ficou do lado oposto à floresta, formando uma meia-lua. Meia-lua que começava e terminava nas proximidades das árvores. Dessa forma, restou um espaço livre por onde a onça deveria passar.

À hora marcada, estava no local exato, só com a faca. Os curiosos, à distância exigida. A onça começou a urrar. Eu fiquei esperando. A onça urrava cada vez mais forte, mas não vinha ao meu encontro. Algumas pessoas amedrontadas deixaram o local.

– Isso é coisa do malígno. – Diziam.

A onça urrava e urrava.

Foi aí que me veio uma idéia. Gritei para a multidão:

– Há alguém armado aí?

Apareceram duas espingardas e várias facas.

– Ou joguem as armas na mata ou vão embora. – Gritei de novo.

A maioria jogou a arma, dois ou três foram embora.

A onça parou de urrar.

Logo ela despontou. Predominou o silêncio. O animal, majestoso, veio em minha direção. Pedi proteção a São Miguel Arcanjo e esperei.

À distância de mais ou menos dois metros, ela começou a andar em círculo. Eu, no centro, ia girando sem desgrudar os olhos dos olhos dela.

– Não sei que tem contra mim, animal morfético. Não sabe com quem se meteu. – Disse.

E fiquei falando essas coisas, tentando aplacar a grande inquietação que tomara conta do meu espírito.

– Cale-se e ouça-me, estúpido! – Esbravejou a onça pintada, e prosseguiu:

– A sorte foi lançada. A balança está equilibrada. Se eu vencer, comerei o seu coração. Se você vencer abra o meu e retire dele o objeto sagrado.

– Que objeto? Que sagrado? Que conversa é essa?

– Cale-se! A hora da conversação já passou.

E sem mais palavras, pulou sobre mim.

Rolamos por meia hora no terreno duro e desprovido de vegetação. Grudei o máximo que pude ao corpo dela. Nas costas dela eu me agarrava apertando com os pés a sua virilha e com o braço esquerdo o seu pescoço. Suas garras arranhavam-me as pernas e a parte frontal das costelas. Com a mão direita eu metia-lhe a faca a esmo. A terra vermelha do lugar misturava-se com o nosso sangue e as nossas forças foram, por igual, esgotando-se completamente.

Ela não resistiu. Morreu.

Eu num derradeiro esforço abri-lhe o coração e retirei de lá o tal objeto. Antes de desmaiar guardei-o no bolso da camisa, o único que não estava em tiras.

Quando acordei estava no hospital, em Itu. Os ferimentos que deixavam a vista os ossos da gaiola torácica, os membros retalhados pelas garras do bicho, tudo desaparecera. Havia apenas um curativo na minha cabeça e mais nada.

– E a onça? Perguntei.

– Sonhou com ela de novo? – Perguntou sorrindo Dona Belinha, a enfermeira.

Dona Belinha era velha conhecida da família. Amiga da minha querida e finada mãe. Sabia dos meus sonhos recorrentes com onça pintada.

– Dessa vez não foi sonho.

Ela sorriu.

– Com a pancada que levou na cabeça deve ter sido um belo e real pesadelo.

– A minha camisa. Que é da minha camisa?

– Suas coisas estão guardadas naquele armário. Fique calmo.

– Dona Belinha, pelo amor de Deus, pegue a minha camisa.

Ela abriu o armário e entregou-me a roupa.

Não havia nada nos bolsos nem da camisa, nem da calça.

Assim são os meus sonhos com esse animal. Não há uma semana em que a onça pintada não venha nos meus sonhos e lance o seu desafio.

Um dia desses que há de vir eu vou ao seu encontro. Um dia desses.

Para concluir esta história duas coisas ainda precisam ser contadas.

A primeira é que houve um período de cinco anos que não sonhei com a onça pintada. Dos vinte e oito anos até os trinta e três.

A outra coisa é que Dona Belinha, um pouco antes de morrer, deixou-me uma carta por demais intrigante. Nela pedia-me desculpas sem esclarecer o motivo e afirmava que eu viveria, neste tempo, até os setenta anos de idade. A carta informava que a enfermeira enviara-me por legado dois presentes. A primeira dádiva era uma velha espingarda, que, conforme escrito na carta, serviria para interromper a imortalidade do corpo. Também, avisava-me que, para minha segurança, o segundo presente só me seria entregue no dia oito de maio de 1870.

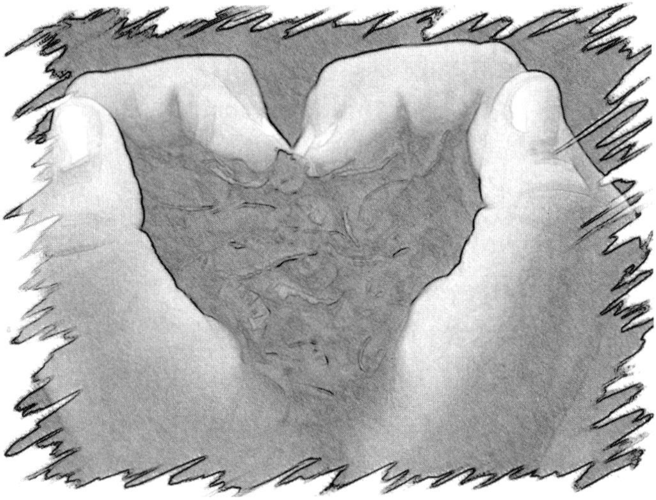

Maria Madalena

"Enquanto fores feliz, terás muitos amigos.
Se o céu se cobrir de nuvens, ficarás só."

(Ovídio)

Aos vinte e oito de idade eu estava muito satisfeito com a vida. Contente com a minha cidade e amigo das pessoas corretas que nela viviam. A vegetação, os pequenos rios e suas quedas, as montanhas, tudo me parecia em harmonia. Eu era feliz em Itu. Corria pelos campos, nadava no rio, subia até o pico dos pequenos morros e ficava admirando o mundo lá embaixo, como uma criança descobrindo a vida.

Vagava indolentemente pelas ruas, ouvia a música dos pássaros nas árvores e dos tambores da banda na praça central e aos domingos, preguiçoso, cochilava na rede da varanda da velha casa dos meus pais.

E, quando andava por outras paragens distantes da minha cidade natal, não me entristecia. Levava o coração comigo. O sol e a lua guiavam-me por terras de outros encantos. E lá onde eu estivesse, estava acreditando que era o lugar e a hora de desfrutar venturas e alegrias.

Um grande pregador disse que cada homem que encontramos em nosso caminho tem algo a nos ensinar. Quis realçar o humano. Ele sabia, e eu também acreditava, que cada ser vivo, cada coisa inanimada, tudo que há no mundo, pode ser fonte do prazer contemplativo e deixar em nosso espírito um grata recordação. Basta uma motivação. Eu a tinha.

Cultivava e praticava um jeito simples e intenso de viver. Trabalhava duro. Obedecia ao dito popular: "Um dia para o trabalho, uma hora para a diversão". E como me divertia!

Saboreava a comida com muito gosto. As frutas, sempre doces. A água fresca matando a sede. O pão quente e o café cheiroso.

E, por razões diferentes, amigos e invejosos ralhavam comigo. Diziam:

– João, sua felicidade é uma ofensa à civilização.

– Não se ofenda comigo, ó escravo, eu tenho motivo. – Respondia.

– João, você não pode ser tão alheado.

– Tenha piedade de mim, justiceiro, mas eu posso.

– João, olha ali a guerra civil, lá a peste, acolá a fome.

– Desculpe-me, dona morte, mas você não está presente no meu mundo e quando estiver eu já não estarei.

– João, a mãe chora a filha violentada, os miseráveis gemem nos grilhões, os vivos vertem lágrimas e contam os irmãos mortos sob bandeiras inúteis.

– Adeus tristeza, fui para longe de você.

– João, abra o olho! O ódio está em toda a parte.

– Não posso. Estou amando.

Isso aconteceu no tempo em que eu tinha 28 anos. Foi quando conheci o amor e deixei governar-me por ele. Segui-o fielmente pelo tempo que me permitiu. Fui recompensado. Conheci o prazer da vida feliz e, para mim, o céu desceu das alturas. Fizemos um pacto de unicidade e constância.

Ao completar trinta e três anos, no entanto, acabou para mim a graça das coisas e da vida. A escuridão cobriu a luz do dia. Deixei de escalar montanhas. Passei a residir no fojo do pântano ou no breu das grutas.

A morte levou Maria Madalena, deixando-me trôpego e inexorável.

Hoje, caminho solitário por estradas áridas.

E, por motivos diferentes, os poucos amigos e os muitos interessados, confortam-me dizendo:

– João, sua melancolia é uma afronta à natureza bela.

– Não reparem nos meus maus modos, ó amantes e felizes, tenho motivo. – Respondo.

– João, a vida continua. Não sabe você que quando as semideusas vão, as deusas chegam?

– Deixem-me em paz, corações volúveis, estou sofrendo.

– João, você é viúvo bonito, jovem e rico. Não desperdice sua vida.

– Não se preocupem, intemperantes, estou cuidando da vida, pelo tempo que ficar separado dela.

– João, aquela lhe quer, esta deseja conhecê-lo, outra diz que o ama.

– Desculpe-me, inconstância, sou comprometido.

– João, olha ali o carnaval, lá as bebidas, aqui as mulheres.

– Não posso, continuo amando.

As histórias que JOÃO PICA-FUMO ESCREVEU E NÃO CONTOU

Torrente da Primavera

Anunciada pelos canhões do céu a chuva caiu rolando sobre o gramado estorricado da superquadrada cidade onde dois pratos, um côncavo outro convexo, ambos vazios de virtude, transformavam sonhos em pesadelos.

Maria buscou abrigo no bloco de letra e cimento onde trabalhava. Mal pisara na rua quando os pingos desceram sobre ela.

Com os cabelos levemente molhados ficou observando a chuva que havia tanto tempo não vinha. Sentiu o cheiro da terra. Era um bom cheiro. Trazia lembranças. Recordações do tempo em que sua alma não era tão seca.

Sentou-se no segundo degrau da escada. Ligou o radinho de pilha, colocou o fone de ouvido e procurou uma estação que tocasse boa música sertaneja.

Escureceu. A chuva ficou mais forte. Ventava. Não sabia, mas nem a chuva nem o vento poderiam limpar a sujeira do Palácio dos Despachos. A caixa de vidro dos horrores. Castelo de colunas "leves como plumas pousando no chão", onde os músicos de Di Cavalcanti, envergonhados, buscam lenitivo na aquarela de Guignard.

Ia chegar tarde a casa. Que importância aquilo tinha? Ninguém a esperava.

Havia interferência nas ondas de rádio. A única emissora que conseguiu, tocava roque. Ficou ouvindo. A letra da música narrava a história de amor entre um João e outra Maria Júlia. Um "faroeste caboclo" com fim infeliz. Ficou ouvindo. Havia semelhança entre aquela história e a sua vida. Ela também não sabia, mas o autor da letra era prova morta de belas coisas que a cidade produzia, embora, injustamente, a crença de que se tornara covil de ladrões e ninho de sinecuras ficava, cada dia, mais consolidada.

A chuva permanecia forte. Ouvia a triste história do cristo João e olhava a torrente que se formava na calçada. Parecia rio. Um ligeiro e falso rio. Ela não imaginava, mas podia ser que a imagem da cidade também fosse passageira e, quem sabe, um dia a verdadeira fotografia fosse mostrada. Transladação para a verdade. Onde a imagem estivesse fundamentada no que é e não no que aparenta ser. E, que é, a realidade, isto Maria sabia muito bem; todos seus vizinhos lá de "o que se torce em espiral" sabiam e o seu querido e finado João também sabia como ninguém, até o dia em que uma bala policial tirou-lhe a vida.

O rádio passou a tocar música estrangeira. Pensou em desligar. Ficou ouvindo. A sonoridade era agradável e melancólica. Leve aflição abateu-a. Desconhecia, mas a canção era mais uma "geléia de pérola" do grunge e a letra contava a história do último beijo trocado entre o homem sobrevivente e a amada que falecia vítima de acidente. Ouviu-a até o fim. Entristeceu-se.

Desligou o rádio. Enrolou o fone de ouvido. Colocou tudo na bolsa e permaneceu sentada, esperando que a chuva passasse.

Viu a patroa chegar. O carro dela ficou parado esperando o portão da garagem abrir. A patroa também a viu.

A chuva havia diminuído. Estava sem guarda-chuva. Resolveu esperar um pouco mais.

A patroa veio até ela. Trouxe-lhe o guarda-chuva e entregou-lhe uma carta.

– Estava na caixa do correio. – Disse.

Agradeceu.

– Você está bem. – Perguntou-lhe a patroa vendo seus olhos umedecidos.

– Sim.

– Tem certeza?

– Sim, senhora.

Despediram-se.

Assentou-se novamente no degrau da escada. Olhou o envelope. Era carta da irmã que morava no Nordeste. Abriu-a. As notícias eram boas. A sobrinha mais nova, dezesseis anos, iria casar-se com o antigo namorado. Ambos não tinham emprego, os dois recebiam o "mata-fome" do Governo. A carta dizia que era suficiente para começarem a vida. Maria pensou que melhor seria o trabalho. Um velho baião veio-lhe a mente: "ou lhe mata de vergonha ou vicia o cidadão."

Quando terminou de ler a chuva já havia parado. Ela viu a água que corria antes veloz e torrencial, agora era só um filete que andava limpo e vagarosamente. Não estava ciente, mas a última esperança da Nação fora depositada na antiga "Casa da Suplicação do Brasil". Daquela casa Rui Barbosa esperou seis anos para colher "o fruto que tinha o brilho e a solidez e a força dos grandes arestos, que valem mais para a liberdade dos povos do que as constituições escritas" e, neste tempo, o povo padece sob sua procaz procrastinação.

Ergueu-se. Entregou o guarda-chuva ao porteiro. Já não iria precisar dele.

Caminhou até o ponto de parada do ônibus. Já sentada dentro da condução, ligou novamente o rádio. A mesma estação que tocava roque anunciou outra velha canção forasteira. A voz bonita da locutora disse o nome do cantor. Ela não entendeu direito. Bob qualquer coisa. Ficou ouvindo. Não sabia, mas a letra falava de uma chuva, pesada, pesada, pesada, que haveria de cair. Elementos dinamogênicos fizeram-na gostar da música. Mentalmente, foi inventando sua versão particular. Por capricho do gênio da música, por mera coincidência ou por motivo procedente de lugar onde a razão não intervém, ela cantava:

"É podre, é podre, é podre o vento que do planalto vai soprar."

A canção revelava parte do que acontecia dentro do seu coração. Desligou o rádio. Aquele não lhe parecia um bom dia para ouvir músicas.

Ela desconhecia, mas em outro banco, pouco atrás dela, estava Letícia, dez anos, dos olhos negros e assustados; esmoladora das asas do avião. Letícia tivera ótimo dia. Almas caridosas renderam-lhe bom dinheiro, que levava, com desvelo, para a mãe alcoólatra e os seis irmãos menores.

Lá em "o que se torce em espiral" não chegara ainda o mata-fome. Os habitantes do local haviam votado no político errado.

O ônibus parou. Entraram alguns homens. Maria Júlia estranhou quando os viu usando casacos em dia tão quente. Logo em seguida o ônibus parou num terreno baldio. Os homens que usavam agasalhos e sob eles armas de fogo, atiraram para cima. Fizeram todos descerem do ônibus. Todos menos Letícia, que se escondeu debaixo do banco. Cada um que descia passava por revista e deixava seus pertences de algum valor.

Maria foi a última a descer. Puxaram sua bolsa. Ela resistiu. Recebeu um soco na nuca. Caiu grogue, enquanto os rapazes que usavam casacos derramavam gasolina no ônibus.

As chamas subiram. Correram bandidos e passageiros. Maria pôs-se de pé e viu, através do fogo e da vidraça, os olhos arregalados de Letícia.

Após breve hesitação, atirou-se porta adentro, tostando-se no fogo. Agarrou a menina colocando-a no colo e, protegendo-a das labaredas, saltou para fora do ônibus.

Caíram no chão. A duras penas conseguiu levantar-se. Tossia e tossia. Segurou a mão de Letícia, andaram dez metros. Maria caiu desmaiada. A criança não sabia o que fazer.

Ouviu som de sirena. Achou que era a polícia.

Conseguira escapar dos ladrões e não pretendia ser assaltada pelos meganhas. Saiu correndo.

Pensou na mulher que a salvara.

Parou.

Ficou de longe observando. Aliviada viu chegarem os bombeiros. Correu para lá. Viu quando a colocaram com todo o cuidado na ambulância.

Sorriu.

A viatura sumiu na estrada.

Sabia que nunca mais veria a sua salvadora.

Ela olhou as ferragens que ainda retorciam no fogo. Foi para casa pensando que depois da chuva as gramas renasceriam verdinhas como se nunca morressem e as folhas das árvores também retornariam. Ela não sabia, mas alguma erva brotaria na sua vida. O governo precisava de novos aliados e, em breve, o mata-fome chegaria à casa dela. Setes votos futuros esperavam.

Maria reanimada e medicada retornou à solidão da casa e à reminiscência de João.

Talvez, de algum jeito, ela soubesse de tudo, mas a canção, a canção daquele moço estrangeiro, não lhe saía da cabeça.

E ela sussurrou:

"É podre, é podre, é podre o vento que do planalto vai soprar."

O Homem Só

Ele sonhou, sonhou e sonhou; e o tempo correu, correu e correu.

Passou o tempo para ele de maneira diferente do tempo dos outros homens que deixara para trás.

E ele sonhou, sonhou e sonhou.

No painel de controle da base de lançamento era um pequeno ponto luminoso cortando a imensidão do universo sideral.

Mas ele era muito mais que aquilo. Tornara-se a nossa última esperança.

Esperança também era o nome da nave que o conduzia: "Esperança CXLVII".

Cento e quarenta e seis expedições anteriores fracassaram.

Os seres inteligentes que encontrou, nos sonhos, pertenciam a raças diversas e possuíam temperamentos distintos.

Humanos ou aberrações monstruosas, iguais personagens de filmes de ficção, os seres interplanetários povoavam os seus sonhos.

Pacíficos e amorosos ou belicosos e coléricos, quaisquer que encontrava enchiam-lhe o coração de ânimo.

E ele sonhava, sonhava e sonhava.

Quando entrou em órbita do planeta "Nova Terra 665" foi despertado do sofisticado sistema de hibernação.

A nave, controlada pela base de lançamento, ficou dando voltas em torno do planeta até que ele se refizesse dos efeitos da viagem.

Olhou para a nova terra e viu que ela era azul, da mesma forma que a velha terra fora havia muito e muito tempo. Sua expectativa cresceu mais ainda. Desperto, lembrou da velha terra. Ela já não dispunha de oxigênio, nem de água, nem de nada. A vida era mantida graças à tecnologia.

E a tecnologia batera no teto. Havia trezentos anos que não subia um centímetro. Não encontrava novas soluções para os novos problemas de sobrevivência da espécie humana.

Ele conferiu as coordenadas no computador. Um sistema estelar periférico na galáxia. A estrela era das mesmas dimensões do sol. O planeta tinha um satélite semelhante à lua. O computador confirmava a existência de água. Tudo estava favorável.

Imaginou que poderia haver vida inteligente naquele planeta. Não era provável que fossem desenvolvidos, pois não responderam às mensagens que enviou. Como reagiriam os nativos ao verem descer do céu a fantástica nave que trazia desenhada, na parte exterior, uma imensa cabeça de carneiro?

Esta era sua sexta e última viagem. Cada nave fazia de quatro a seis expedições antes de retornar ao sistema solar e ser substituída juntamente com o piloto. As experiências anteriores traziam-lhe incertezas que ele procurava substituir por pensamentos lógicos.

Entre bilhões e bilhões de corpos celestes no universo infinito, tinha de existir outro planeta semelhante ao nosso. Pretensão descabida seria pensar diferente.

Meditava dessa maneira, igual todos os racionais, desde a infância. Tinha absoluta convicção que encontraria a nova terra. Tal persuasão permaneceu intocável na mente até a primeira viagem.

A partir da segunda, intimamente, passou a temer que pudesse haver alguma coisa errada naquele assentimento.

Na sua terceira viagem, quando o destino era a nova terra 662, acreditou até o último momento que havia descoberto o novo mundo. Sentiu-se um novo Cabral. Mais ainda: o salvador da espécie. Chegou a comemorar. Houve festa no centro de lançamento. E a alegria durou até o momento em que a nave pousou e os sensores detectaram um mortal e desconhecido gás, formado nas entranhas do planeta assassino, cuja composição química não era idêntica a da velha terra.

A partir daí, antigas idéias passaram a rondar sua mente. Idéias subversivas. Idéias proibidas por tanto tempo que já não havia necessidade de proibição.

Após a quarta viagem, com destino a nova terra 663, foi que comprou, no mercado negro virtual, o livro proibido. Comprou, imprimiu e guardou no cofre particular junto ao manual de navegação. Comprou e não leu. Não leria enquanto estivesse na ativa. Questão de princípio. A nova terra 663 não possuía camada de ozônio. A temperatura, durante o dia alcançava dois mil graus Celsius.

Enquanto, ainda em órbita, fazia testes no computador sobre a situação atmosférica da nova terra, pensou na viagem anterior. A nova terra 664, igual à velha em quase tudo, faltou-lhe, no entanto, um planeta gigante que lhe protegesse dos impactos siderais. Quase morreu por insistir em pousar, contrariando recomendação do computador.

Sempre faltava alguma coisa. Pequenos detalhes que faziam toda a diferença.

Ele aguardava os resultados dos testes. Abriu o cofre e lá estavam os dois livros.

Olhou para o livro proibido.

Sensação de curiosidade e temor deixou-o confuso. Velho preconceito, arraigado no seu íntimo, dava-lhe forte aversão ao livro. Existia, no entanto, outra força que, de forma graciosa o empurrava contra as regras da razão. Esse delgado movimento interior é que o fizera comprar o livro ilegal.

– Ainda não! – Decidiu.

Pegou o manual de navegação e ficou lendo a parte introdutória, onde estavam os grandes pensadores da era espacial. Gostava daquela leitura. Em especial do que haviam escrito os pioneiros. Folheou o livro e parou nas páginas reservadas a grande astrônomo que, em remota era, estimou existir um milhão de civilizações apenas na via láctea.

Centenas de anos após 1974 d.C., a via láctea já havia sido varrida do princípio ao fim sem que se encontrasse uma única civilização ou algum planeta que pudesse ser utilizado para a vida humana. Tentou lembrar o que queria dizer aquela abreviatura utilizada após a data anual. Não estava muito claro o que significou. Sabia que era algo que foi utilizado até o triunfo da ciência sobre a ignorância, quando os calendários da terra foram unificados e recomeçaram do ano zero.

Após o baldado esforço de varrer a via láctea, a busca pela nova terra prosseguiu. Afinal de contas era apenas uma galáxia no meio de incontáveis sistemas estelares com bilhões de estrelas.

Agora, o ser humano, explorava as galáxias distantes. Para fugir das estrelas explosivas do centro das galáxias, priorizava as periféricas. Dentre estas, aquelas que queimavam ferro e apresentavam sinais da existência de moléculas de carbono e vapor de água.

Os testes estavam concluídos; a situação, favorável.

Guardou o manual de navegação no cofre e entrou na atmosfera do planeta.

Ele observou, na tela do computador, as imagens da nova terra. Crateras, milhões de crateras. A maior delas tinha quinhentos quilômetros de diâmetro, informou o cérebro cibernético.

Informação inútil. Quinhentos ou cinco, que diferença fazia?

Ficou abatido.

As informações eletrônicas prosseguiam: solo formado de pedras soterradas em camada de poeira originária de fragmentos rochosos. Água só em estado sólido e nas extremidades do planeta. Temperatura de 170 graus Celsius no local previsto para pouso.

Desligou o computador.

Não era a terra que procurava.

Não pousou.

Retornou para a órbita da nova terra 665, passou o controle para a base de lançamento, deitou-se na cabine de hibernação artificial e voltou para casa.

No caminho de volta sonhou, sonhou e sonhou.

Em um dos seus muitos sonhos, ele encontrou o planeta azul que tanto procurara na vida real. Havia ar, água, árvores e animais. Saiu a caminhar pelo planeta sem a roupa especial e o capacete que lhe acompanhavam desde que nascera. Bebeu água na fonte, entrou na água e deixou que ela lhe cobrisse a cabeça. Sensação indescritível sentiu ao banhar-se na fonte e beber daquela água. Na velha terra a água só era utilizada para beber e tinha gosto desagradável. A tecnologia cuidava do asseio físico. Caminhou pelo bosque, por entre árvores frutíferas que lhe pareciam ofertar os sápidos frutos quando o vento soprava os seus galhos. Experimentou com satisfação dos frutos há muito inexistentes na velha terra. Os animais curiosos vinham até ele como a lhe pedirem carinhos. E viu que cada um dos animais tinha pai e mãe. Pegou um filhote de cão. Animal, que só conhecia por filmes e fotos, extinto desde a última virose canina. Brincou com o cachorro e correu com ele sobre a relva macia e pensou que poderia estar sonhando ou, talvez não, que ele estivesse no paraíso. Paraíso também era palavra proscrita na velha terra. E pensou, em sonho, no solo estéril da velha terra, numa terra sem ar e sem água que tornara a vida impossível por mais de cinco minutos sem roupas e capacetes especiais. Pensou nos seus pais que nunca teve e nos irmãos "in vitro" que conhecera na infância, que quando retornasse a casa já estariam desaparecidos. Então voltou a sonhar com a nova terra e, de novo, sonhou com ela, sonhou e sonhou.

E o restante da viagem de volta foi muito boa porque toda vez que outros sonhos lhe acometiam, ele, por intermédio de um artifício mental inconsciente que desenvolvera, retornava àquele maravilhoso sonho com a nova terra.

Quando chegou à base de lançamento, retirou do cofre o livro proibido e escondeu-o entre suas coisas pessoais. Entregou o cordeiro de ouro, insígnia da velha terra e sinal distintivo do alto cargo que ocupava. Retiraram-lhe o circuito integrado da fronte e colocaram-lhe, na mão direita, o *chip* com o seu número de cidadão comum.

Aposentou-se com honras. Recebeu o direito de usufruir, grátis e à maneira da lei, ar e água pelos dez anos de existência que lhe restavam. Prêmio pela vida dedicada à busca de salvação para a humanidade. Pensou serem excessivos os dez anos que lhe faltavam para o limite estabelecido na lei da vida. Não sabia o que fazer deles.

Não lhe cabia alterar o estatuto, por isso foi para casa matutando sobre o que faria no tempo que lhe restava. Havia outra coisa a considerar: dez anos de vida era privilégio quando o governo do planeta, de forma gradual e metódica, reduzia a quantidade de seres vivos existentes.

Chegou a casa, escondeu o livro proibido e passou a ver imagens antigas do planeta. Rios, florestas e animais.

Permaneceu, horas e horas, vendo aquelas imagens gigantes de coisas que já não existiam.

Adormeceu e sonhou.

Foi acordado no dia seguinte pelo sinalizador de mensagens. Os telescópios da "Base Especial de Sondagem Transideral Associada" haviam localizado novo planeta semelhante: a "Nova Terra 666."

Estratégias e ações mercadológicas já estavam sendo desencadeadas, tendo por fim manter a nova e reduzida geração de humanos motivada, até o retorno da nave "Esperança CXLVIII". A propaganda oficial dizia que a probabilidade de êxito na missão "Nova Terra 666" estava em torno de noventa e cinco por cento.

Ele conhecia o rito. Fizera parte dele. Sua confiança estava abalada.

Passou o segundo dia de cidadão comum deprimido e sem saber o que fazer.

Noite alta, insone, pegou o livro proibido e, displicente, abriu numa página qualquer. Leu:

> *"E vi subir da terra outra besta, e tinha dois chifres semelhantes aos de um cordeiro; e falava como dragão.*
>
> *Também exercia toda a autoridade da primeira besta na sua presença; e fazia que a terra e os que nela habitavam adorassem a primeira besta, cuja ferida mortal fora curada.*
>
> *E operava grandes sinais, de maneira que fazia até descer fogo do céu à terra, à vista dos homens;e, por meio dos sinais que lhe foi permitido fazer na presença*

da besta, enganava os que habitavam sobre a terra e lhes dizia que fizessem uma imagem à besta que recebera a ferida da espada e vivia.

Foi-lhe concedido também dar fôlego à imagem da besta, para que a imagem da besta falasse, e fizesse que fossem mortos todos os que não adorassem a imagem da besta.

E fez que a todos, pequenos e grandes, ricos e pobres, livres e escravos, lhes fosse posto um sinal na mão direita, ou na fronte, para que ninguém pudesse comprar ou vender, senão aquele que tivesse o sinal, ou o nome da besta, ou o número do seu nome.

Aqui há sabedoria. Aquele que tem entendimento calcule o número da besta; porque é o número de um homem, e o seu número é seiscentos e sessenta e seis."

Fechou o livro. Ligou o painel de informação e observou a nave "Esperança CXLVIII". Precisamente, ele ficou olhando com atenção para o desenho da gigantesca cabeça de carneiro com aqueles chifres enrolados, assustadores; e, sob o desenho, a sigla da agência responsável pela busca de novos planetas semelhantes ao nosso.

Quando ela se levantou fazia descer fogo do céu sobre a terra e falava como dragão.

Como poderia um livro, escrito há milhares de anos, fazer relato preciso do que estava acontecendo ali, naquele momento.

Novamente aqueles antigos pensamentos povoaram a sua mente e pôs-se a dirigir indagações a si mesmo:

– Por que incontáveis espermatozóides, quando apenas um vai fecundar o óvulo?

Por que uma imensidão de espécies de vida na terra e apenas uma tem inteligência?

Por que bilhões e bilhões de estrelas na via láctea e só um pequeno planeta duma estrela periférica é habitado?

Eram tantos os porquês e nenhuma resposta o convencia.

Concluiu que o livro proibido não poderia ajudá-lo.

– Livro maldito! Se já sabia o que aconteceria por que não preveniu nossos antepassados? – Questionou.

Pegou novamente o livro e jogou-o no incinerador. Depois, usando o computador, devolveu ao governo os créditos de ar e água que recebera como prêmio.

Entrou na sua nave de uso pessoal e desceu até o solo estéril da velha terra.

Tirou os sapatos, a roupa especial e o capacete.

Saiu caminhando e tossindo sem rumo.

Seus pés afundavam no pó, originário de segmentos rochosos, desenhando uma linha tortuosa no solo morto da velha terra. Traços cada vez mais curtos, uns adiante dos outros, até a última pegada.

Politicamente Incorreto

José andava por caminhos imutáveis. Nem mesmo o tempo alterava-lhe o rumo.

Os cavalos, os banhos no Aquidauana, o chimarrão três vezes ao dia, o fogão, a lenha crepitando alegrias no espírito pueril, a companhia de Maria nas manhãs ensolaradas, as tardes de futebol na rua despida de pirobetumes asfálticos, tudo estava irremediavelmente perdido num canto qualquer da sua mente. Apagou, no instante em que morreu aquela tênue e fugaz esperança que rondou seu coração, há muito tempo.

Nos tempos de agora a vida não lhe oferecia a paz nem a certeza do velho boiadeiro que conduzia a boiada quando José ainda subia nas porteiras abertas para ver o gado passar.

Naquela noite latejava-lhe a cabeça quando saiu da fábrica, em Itaquera; caminhou com ela doendo até o ponto de ônibus. Doeu no ônibus, no metrô e depois na outra condução que o levaria a casa na favela do buraco quente, no extremo oeste da cidade.

Quando chegou, a mulher estava deitada no sofá assistindo capítulo decisivo da novela das oito. Usava *short* vermelho que mal cobria suas pimelóticas nádegas e minúscula camiseta verde liberando-lhe o umbigo invisível entre dois enormes pneus formados pelos excessos da cintura.

Ao ouvir o barulho da porta que abriu e fechou, ela gritou para o marido:

– Zé, vê o que essa peste do seu filho tanto resmunga aí... Já está me deixando irritada!

Ele procurou na gaveta do armário da cozinha e encontrou o único comprimido de dipirona sódica. A cabeça estava a ponto de explodir e o estômago começava a embrulhar.

– Zé! Ô Zé! Não ouviu não! Dá um jeito aí nesse moleque!

Deixou o remédio e o copo d'água sobre a mesa e foi ver o filho.

Ardia em febre. Lânguido e rouco sorriu quando viu o pai.

– Que bom que você chegou.

José tirou-lhe a roupa e colocou-o sob o chuveiro.

– Zé... Você é mesmo um desgraçado mato-grossense bronco e ignorante. Ainda vai matar o menino molhando-o quando está com febre!

Depois resmungou: – Apesar de que vaso ruim não quebra fácil.

– Ela já me bateu três vezes hoje. – Sussurrou o menino.

Ficou com a criança bom tempo sob a água. A febre abaixou; o ânimo do garoto melhorou.

José deu-lhe o comprimido e o copo com água. O menino bebeu.

Ele colocou agasalho no filho e o deixou sentado na cama. Entrou novamente no banheiro, levantou a tampa do vaso e expeliu pela boca o vazio que lhe estava a embrulhar o estômago. Não almoçara naquele dia.

A mulher gritou:

– Andou bebendo! Depois diz que crente não bebe! Hipócrita... São todos uns hipócritas!

José entrou no quarto, pegou o garoto e saiu para a rua.

Andou com ele no colo nove quarteirões até a farmácia.

– É a garganta. Está infeccionada! – Disse o homem da farmácia, que completou:

– Tem que tomar antibiótico!

– Não tenho dinheiro agora, seu Nestor!

– O senhor é homem de bem, seu José. Tem crédito aqui. Leva o remédio e pague quando receber o salário.

Deu a primeira dose ainda na farmácia e, com o menino montando-lhe os ombros, retornou a casa.

– Aonde é que vocês foram? Saem assim sem dizer nada, como se eu fosse um nada, um zero a esquerda! Eu sou alguém, sabiam? – Gritou a mulher que, por fim, levantou-se do sofá e pôs-se a tapear o filho.

– E você sua peste! Está cada dia mais parecido com o pai... Sou sua mãe e quero respeito!

O homem protegeu o garoto dando as costas para ser esbofeteada. A mulher bateu e arranhou até cansar de bater e cuspir insultos sobre insultos.

O homem colocou o menino na cama e ficou sentado ao seu lado vigiando-lhe o sono. A mulher dormiu no sofá vendo televisão que permaneceu ligada até o momento que José a desligou. O canal já saíra do ar: apenas letras na tela e uma canção que falava de amor e do sabor das manhãs. Num lampejo de memória, ele se lembrou do tempo em que brincava com Maria nas águas cristalinas do riacho que nascia no pequeno monte deslocado no meio do cerrado. Cerrado plano, de árvores rasteiras como a vida.

Matas e maçãs perderam o sabor. O amor era só dolorosa lembrança. O caminho não mudou com o tempo, apenas ficou mais estreito e o chimarrão um bocado mais amargo.

Retornou ao quarto.

Colocou a mão aberta no rosto do menino, no pescoço e depois nas axilas. Não havia mais febre. Sentado na cama, recostou-se na parede e adormeceu.

Levantou-se, naquela manhã, ainda mais cedo e foi à padaria e comprou suco de laranja.

– O menino precisa de vitamina. – Pensou ele.

Seu Manoel anotou na caderneta.

Fez café, esquentou o leite e arrumou a mesa com três xícaras e o pão que achou no armário, depois acordou o filho que, após a higiene matinal, sentou-se à mesa com o pai.

Conversaram.

Explicou ao garoto como devia tomar o remédio.

Já estava saindo para o trabalho quando a mulher acordou.

– Aonde pensa que vai? Quero falar com você! – Gritou para o marido.

José sentou-se novamente à mesa e esperou. Pediu que o filho fosse deitar-se na cama.

A mulher demorou o quanto quis no banheiro. Depois de algum tempo, sentou-se à mesa. Colocou café e leite na xícara e levou-a a boca. Lançou tudo sobre a mesa.

– Está frio! Você não presta nem para fazer um café.

Pegou o pão duro e velho e o arremessou contra a parede.

– Quero dinheiro! – Disse.

– O que temos é para a condução até o dia do pagamento.

– Isso não é problema meu. Hoje preciso sair com minhas amigas. É dia de comemoração. Ou você pensa que eu estou morta e enterrada aqui neste barraco ordinário. Eu tenho vida social, sou mulher instruída e, não fosse o estorvo que você é no meu caminho, estaria numa situação muito melhor.

E desandou a falar sobre direitos das mulheres e obrigações dos maridos.

José foi até o quarto e pegou o dinheiro que escondera. Retirou o suficiente para as despesas de condução do dia e entregou o restante a mulher.

– Só isso! Não dá para nada. Se fosse para a puta da sua mãe você conseguiria dinheiro.

José pediu que ela não ofendesse sua mãe que ela nem conhecera.

– Não a conheci... E ainda bem que já está morta... mas para ter parido uma coisa inútil como você só pode ter sido uma puta... uma inútil duma puta!

José pediu novamente que ela não ofendesse sua mãe.

– Sua mãe é uma vaca, uma... – e a mulher gritava e xingava a mãe dele.

– Cale a boca, mulher!

A mulher levantou-se e passou a atirar coisas sobre ele: xícaras, copos, pratos, colheres, facas, tudo o que vinha a mão.

– Não calo. O que vai fazer? Seu covarde filho-da-puta...

José andou alguns passos e deu-lhe um tapa-boca.

A mulher atirou-se ao chão gritando e pulando. José saiu para o trabalho.

Estava no ponto de ônibus quando chegou a viatura policial que o conduziu à delegacia.

– Então você é o valentão que gosta de bater em mulher. – Disse-lhe a delegada.

José não disse nada, apenas olhou para ela; no fundo dos olhos dela. A delegada, no primeiro momento, achou que ele a estava desafiando e chamou os guardas.

– Aos costumes! Quero ouvir os gritos dele. – Disse-lhes.

Os policiais levaram-no para o quarto de tortura e espancaram-no com borracha, e usaram choques elétricos, e toalha molhada e outras coisas das quais a maldade humana é pródiga.

Ele desmaiou.

Arrastaram-no até a sala da delegada.

– Ele não gritou. Vai morrer se a gente continuar.

Jogaram água fria nele e esperaram que voltasse a si.

– Vou deixar você ir embora, mas se encostar um dedo na sua mulher, volta pra cá e vai apodrecer na cadeia.

Ele não disse nada e olhou para ela, bem dentro dos olhos dela.

E, desta vez, ela não entendeu como um desafio, mas aquele olhar lhe perturbou o espírito. Uma idéia horrenda passou-lhe pela cabeça: era o olhar de Jesus Cristo refletido nos olhos daquele pobre diabo.

Quando José chegou à sua casa a mulher já estava no bar com as amigas do *movimento independente*. Ele revirou suas coisas e pegou a antiga jóia que sua mãe lhe dera. Caminhou até a farmácia e falou com o seu Nestor.

– Preciso de dinheiro. Fique com esta jóia, desconte o que lhe devo e dê-me dinheiro suficiente para comprar passagens para mim e meu filho para um lugar bem longe daqui.

Seu Nestor não quis a jóia, mas deu-lhe o dinheiro dizendo que era um empréstimo.

José agradeceu e prometeu que, se Deus lhe permitisse, pagaria a dívida.

Conversou com o filho que demonstrou sentimento de alívio e de alegria quando o pai disse que passariam a viver apenas os dois juntos, num lugar distante dali.

Partiram.

A mulher chegou tarde e bêbeda. Só na manhã do dia seguinte percebeu o que havia acontecido.

Naquela noite ela dormira como sempre, sem sonhos, sem nenhum arrependimento, com a certeza dos loucos e a ternura dos assassinos barbudos ou imberbes.

A delegada, no entanto, teve o sono povoado de pesadelos e remorsos e o olhar de Cristo a torturar-lhe a alma.

A mulher foi à delegacia e denunciou o seqüestro. A mesma delegada registrou suas exigências.

– Quero aquele monstro agressor de mulher e seqüestrador de criança morto e enterrado!

Ela saiu da delegacia e a delegada ficou parada, pensando nos olhares que viu através dos olhos dela e do marido.

Picou o boletim de ocorrências em pedacinhos e lançou-os à lixeira.

Na noite daquele dia não precisou esvaziar tantos copos para adormecer.

Alguns dias depois o menino brincava nas águas limpas e transparentes do rio Formoso, em Bonito. Mais um tempo depois, José quitou sua dívida com a farmácia e a padaria e, por muito tempo, a delegada buscou, em vão, o olhar de José, ou de Cristo, nos olhares dos homens que mandava torturar, mas, invariavelmente, via o olhar da mulher nos olhos daqueles homens embrutecidos.

A Lenda das 17 Luas

Compadre Jairo é famoso, na região da Serra da Bodoquena, pelo arroz-de-carreteiro que faz. Dizem ser o melhor do planeta. Na noite de sexta-feira, dia 13 de agosto, jantei na casa dele. Comi o saboroso carreteiro e bebi suco de uva fermentado até a barriga quase rebentar.

Próximo à meia-noite, quando a comadre cochilava e a cidade dormia, convidei o compadre para uma pescaria.

É, pesca!

Aqui em Bonito, eu e outros espevitados fazemos isso. Quando todo mundo dorme, nós vamos lá para o rio e pescamos.

A cidade virou um santuário e este, o jeito possível de um sujeito comer um dourado fresquinho e pescado por ele mesmo.

Aconteceu que a mulher ouviu o convite. Esperta, não tomara tanto vinho quanto eu pensara.

Resultado: fui sozinho; não sem antes ouvir sermão sobre a preservação do meio ambiente. Como se o meu caniço pudesse concorrer com os mísseis nucleares.

Falta bom senso nessa conversação.

Peguei as tralhas dele e a minha velha espingarda.

Desci a ribanceira.

Ao chegar à beira do rio estava tudo muito quieto. Um silêncio de meter medo. Tudo parado. Não se moviam as folhas das árvores, não piava o pássaro noturno e não pulavam os peixes.

Silêncio, só silêncio.

Mais fácil pescar assombração do que peixe, pensei. Decidi ir embora, mas antes do primeiro passo, ouvi uma canção. Canção indescritível e única. Extasiado, prendi-me ao solo. Tornei-me parte do cenário, imóvel e quieto, arroubei-me à música. Minha alma já não animava o corpo, fui ficando gelado e intenso júbilo suavemente tomou conta do meu coração. Quis correr e gritar. Não consegui mover músculo. Forças extraordinárias detinham-me. O canto penetrava-me os ouvidos causando grande contentamento a todos os meus sentidos. Delícia que minha alma nunca havia experimentado. Nada igual existe. Pela primeira vez na vida provei da felicidade completa.

Não sei quanto tempo durou a canção. Podem ter sido segundos ou horas. Não tenho a menor idéia.

Quando voltei a essa minha vidinha sem graça estava na mesma situação de viciado em cocaína quando é separado da droga.

Eu queria muito a droga daquela música.

Olhei para um lado, para o outro, para a outra margem do rio, nada. Nada se movia. O único ser vivo que avistei foi uma sucuri. Imóvel, silenciosa, feita em rolo sobre o barranco, a poucos metros de mim.

Fui até ela. Coloquei-lhe o cano da espingarda na cabeça e disse:

– Criatura do diabo! Era você quem estava cantando?

Ela não respondeu. Apenas abriu levemente os olhos.

Eu estava agastado, agindo de maneira estranha. Ainda sob o efeito da canção ou, para dizer de forma mais precisa, sob o efeito da ausência da canção.

Deslizei o cano da arma e atirei renteando a cabeça do bicho. Insisti:

– Fale criatura do demônio! Quem estava cantando?

A cobra espichou-se e, devagarzinho, ia fugindo. Peguei corda que estava entre os cacaréus do compadre e lacei-a pela parte anterior à cabeça. Amarrei-a num galho de forma que ficou parcialmente pendurada. Continuei a torturar o animal.

Estava amanhecendo e o bicho não abria boca. Já havia usado todos os métodos nazistas, comunistas e de outros parasitas torturadores e, nada. Estava cansado e quase desistindo quando apareceu, assim de repente, do nada, um velho indígena.

Pediu-me que libertasse a cobra.

– Ela ainda não respondeu a pergunta.

– Sucuris não falam. – Disse o velho.

– Quem fala?

– Eu. Eu conto sobre a canção que ouviu.

Soltei o réptil.

O velho sentou-se numa raiz ao pé de mim. Acomodei-me em outra.

Ele pôs-se a falar:

Quando os bandeirantes ainda não haviam colocado fogo na água. Muito antes de os portugueses pisarem o solo dos Aruaques[1].

Tempo bem recuado!

Quando os guerreiros não choravam e as mulheres amavam seus maridos. No tempo em que as águas do rio Formoso eram doces e barrentas.

Quando Abaçaí[2] ainda não havia enlouquecido todos os homens.

Existiu Cacai. Formosa cunhantã[3] da extinta tribo dos Rudaaré[4] da poderosa nação Terena[5].

Naquele tempo toda a região da Serra da Bodoquena era habitada por um povo admirável. Gente especial porque acreditava que o Homem era um ser singular, criado por um

---

[1] Aruaques: Povo indígena que habita vários estados brasileiros.

[2] Abaçaí: Espírito maligno que perseguia os índios, enlouquecendo-os.

[3] Cunhantã: Mulher jovem, rapariga, moça.

[4] Rudaaré: Pequena tribo extinta que habitou região entre as cidades de Bonito (MS) e Jardim(MS). – Rudá (Deus do Amor); Ré (Amigo; palavra geralmente usada como sufixo).

[5] Terena: Nação indígena que habita, entre outras, a região da Serra da Bodoquena, MS, pertencente à família lingüística dos Aruaques.

deus sábio, que pusera em cada um de nós entranhas com muita energia, livre arbítrio e sentimentos constantes.

Desse povo, formou-se a brava tribo Rudaaré. Livre, soberana e crente em suas tradições.

Entre os valores que cultuavam, um se sobressaia: o AMOR.

Nada era mais importante, nada era mais verdadeiro, nada era mais divino.

A crença no amor, que por ele valia a pena viver ou, se necessário, morrer, era inviolável e sacrossanta.

Foi por demasiada fé que tudo aconteceu.

Cacai era a mais bonita de todas as jovens terenas. Ela pertencia àquela tribo localizada próxima à gruta do lago azul, mas guerreiros de todas as tribos terenas já haviam ouvido falar dela e dos seus encantos. Eram muitos os pretendentes e admiradores.

O jovem cacique dos rudaarés resolveu que chegara o momento de arrumar uma companheira. Escolheu Cacai. Seguindo a tradição, convidou-a para o pacto das 17 luas[6].

Tal convenção consistia em trato, para conhecimento mútuo, entre os noivos, que, por um período de 17 luas, viviam juntos e, após esse período, decidiam quanto às núpcias.

A decisão, soberana e livre, cabia a todos os rudaarés (homem ou mulher).

A negativa era aceita com naturalidade e respeito pelos membros da tribo.

---

[6] Lua: Equivale ao mês sinódico ou 29,5305889 dias.

Se o guerreiro não fosse bom caçador ou a mulher, negligente nos afazeres domésticos era habitual, e esperada, a decisão negativa.

Quando se decidia pelo casamento, o pacto era consumado num ritual de amor e fidelidade eterna. Realizava-se a cerimônia no interior da gruta do logo azul, onde eram pronunciadas as palavras mágicas que só os velhos rudaarés conheciam.

A decisão tornara-se a coisa mais importante na vida daquela tribo. Não podia haver erro. A união era indissolúvel, nem a morte os separava. Acreditava-se na existência de uma alma imortal.

Transcorria o noivado de Cacai com o jovem chefe da tribo, como era o costume daquela gente, mas Rudá, que põe os sentimentos no coração das pessoas, tinha outros planos para Cacai.

Naqueles dias, por lá, caiu cativo um guerreiro adventício. Tinha a pele clara e carregava nos olhos um brilho que Cacai jamais vira. Os seus cabelos castanhos apresentavam mechas brancas revelando ser, aquele guerreiro forte e ágil, quase ancião. Cacai cuidou-lhe dos ferimentos, ensinou-lhe a tradição, conquistou-lhe a alma e descobriu ser ele o verdadeiro amor da sua vida.

Amor impenetrável em virtude do mistério que o cercava. Revelada em discretos e insondáveis olhares, a paixão, sobrepondo-se à lucidez e à razão, uniu-os em espírito.

Passaram-se as 17 luas.

Perante o conselho, Cacai disse que não se casaria com o chefe da tribo. Ele, inconformado e enfurecido por obra de

Abaçaí, obrigou a realização do ritual, contrariando a sagrada tradição rudaaré.

Ela foi arrastada ao interior da gruta do lago azul. O pacto foi realizado e, para desespero dela, as palavras mágicas foram pronunciadas pelos anciãos da tribo. Já não havia esperança para Cacai e seu amado.

Quem, mulher ou homem, quebrasse o sagrado juramento tinha o seu coração traspassado por uma fria flecha rudaaré. Axioma da tradição. Cacai sabia disso, mas sabia também que devia obediência ao valor supremo do amor. Curvou-se a ele. Escolheu obedecer ao deus Rudá, não aos idosos, nem ao chefe rudaaré.

Naquele mesmo dia, conversou com o estrangeiro dileto e, à noite, fugiram numa canoa, descendo o rio Formoso.

O cacique reuniu seus guerreiros e... Cumpriu-se a maldição.

O sangue dos amantes foi, vagarosamente, tornando as águas do Formoso cada vez mais limpas e quando a última gota foi derramada todo o rio e até seus afluentes estavam cristalinos e transparentes como fora o coração de Cacai.

Cravados de flechas, os corpos de Cacai e do guerreiro amado perderam-se no fundo do rio. Jamais foram encontrados.

As águas, antes doces e barrentas, tornaram-se salobras e transparentes, como são até os dias de hoje.

Assim, naqueles dias em que parece que o vento parou e apenas uma leve brisa penetra a solidão e a flor do ipê fica mais colorida. Quando a água sombria do lago fica mais azul e se torna alegre com um pássaro solitário que vem refrescar suas penas e cortejar o perfume duma Cacai que os nossos olhos não vêem, mas que lá está. Num dia assim tão especial, quando o poeta vem colher, em palavras, aquela outra messe que os campos produzem. Nesses dias é possível ouvir os sussurros de amor de Cacai e seu amado imortal por meio de uma canção. A canção que você ouviu. Está lá no fundo da gruta, está nas cachoeiras, no fundo das águas do rio, está em todo o lugar. É só prestar atenção.

☆ ☆ ☆

Ciscos estavam a incomodar os meus olhos, por isso, virei o rosto e, pensativo, limpei, com a manga da camisa, duas inconvenientes lágrimas.

Quando me refiz, o velho nativo havia partido. Não consegui avistá-lo. Sumiu ou ganhou o mato sem que eu visse.

O sol já aparecera.

Fui para casa meditando: que será que o compadre colocou naquele suco de uva?

Caminhava com o coração dolorido de saudade imensa da finada Maria.

Talvez esteja na hora de fazer a velha espingarda cumprir seu destino.

Epílogo

O Fim de João Pica-Fumo

João Justino de Mello desapareceu no dia 17 de dezembro de 1870.

Seu corpo não foi encontrado.

Aqueles que não acreditavam nas coisas sobrenaturais disseram que ele, eterno viajante, mudou-se para outro canto do mundo e lá esperou a morte que já se avizinhava.

Outros espalharam versões sobre o arrebatamento que aconteceu após receber o presente da enfermeira dona Belinha. De acordo com tais versões ele vive no presente, observando tudo o que acontece e escrevendo seus contos para depois contar num outro tempo.

No que me diz respeito, não acredito em viagens temporais; e ponto final.

Sou da turma de Descartes e Kant, encarnações da razão pura. O fato de, ao lado do último, haver realizado uma viagem atemporal "à paz perpétua" em nada altera minha inabalável crença de que a realidade só é real se compreendida pela mente humana e dentro dos limites das faculdades cognitivas do homem.

Apesar disso, há uma coisa que está a me intrigar. Algo perturbador!

Visitou-me, ontem, um senhor idoso, cerca de setenta anos; entregou-me um grande livro.

Ainda não o li, mas o título é constrangedor: "Remoinhos do Entardecer II".

Deve ser brincadeira de algum velho dado a fazer pilhéria.

FIM